Anna & Dorothee Krüger
von Ulla & Uli Weihnachten 1998

Karlijn Stoffels

Mojsche und Rejsele

Karlijn Stoffels

Mojsche und Rejsele

Roman

Aus dem Niederländischen von
Mirjam Pressler

BELTZ
& Gelberg

Karlijn Stoffels, geboren 1947, studierte Romanistik und Niederländisch.
Sie ist Autorin von Hörspielen und Theaterstücken
und schrieb u.a. über Simone de Beauvoir und Jean-Paul Sartre.
Mojsche und Rejsele ist ihr erster Roman.

2. Auflage, 1998

Programm Beltz & Gelberg, Weinheim

Die Originalausgabe erschien unter dem Titel
Mosje en Reizele bei Em. Querido's Uitgeverij, Amsterdam

Neue Rechtschreibung
Lektorat Frank Griesheimer
Gesamtherstellung
Druckhaus Beltz, 69494 Hemsbach
Printed in Germany
ISBN 3 407 79786 9

I

Tel Aviv, 1995

Ich wusste nicht, wie sie mich gefunden hatten. Und es war mir auch egal. Wenn sie mich nur in Ruhe ließen.

Ich wollte mit niemandem reden, ganz bestimmt nicht im Radio. Und schon gar nicht über Korczak und sein Waisenhaus.

Durch das offene Fenster drang das Leben auf der Straße herein. Gehupe, Musik, ein weit entfernter Muezzin* und die Hitze von Tel Aviv.

Der junge Mann mir gegenüber war voller Energie. »Sie haben das alles mitgemacht«, sagte er, »es ist doch eigentlich Ihre Pflicht …«

»Ich scheiße auf Ihre Pflicht«, sagte ich. »Es ist ein halbes Jahrhundert her, ich habe alles vergessen. Und jetzt muss ich arbeiten.«

»Ich dachte … nun, da Sie pensioniert sind …«

Ich schob ihn zur Tür.

Am Aufzug versuchte er es noch einmal. »Und das Kindergericht, Herr Schuster … Erinnern Sie sich?«

»Nein«, sagte ich und machte meine Wohnungstür zu.

Zwei Dinge aus meiner Zeit bei Doktor Korczak waren mir immer in Erinnerung geblieben. Das eine war, dass man nicht lügen durfte. Dieses Verbot hatte ich ge-

* Mit einem Sternchen gekennzeichnete Wörter werden am Ende des Buches kurz erklärt.

rade übertreten. Dann das andere, das war das Kindergericht. Und daran erinnerte ich mich nur allzu gut. Es war 1939. Ich war noch nicht lange im Waisenhaus und hatte der wöchentlichen Gerichtssitzung bisher entkommen können. Die ganze Woche Schule war mehr als genug. Aber Mietek hatte mich angeklagt und als Beschuldigter konnte ich nicht wegbleiben.

Sie saßen herausgeputzt da, hinter dem Tisch, und machten wichtige Gesichter. Pavel war Vorsitzender. Er war fünfzehn und hätte das Haus schon längst verlassen müssen, aber wegen der Belagerung Warschaus war alles ein bisschen durcheinander. Sie ließen ihn auf die Jüngeren aufpassen und kleinere Arbeiten verrichten, genau wie Baruch, der die Leitung der Schuhmacherei hatte.

»Die Anklage gegen Mojsche lautet, dass er sich nicht beteiligt, dass er immer schlechte Laune hat, seinen Dienst vergisst, einfach losschlägt und die Kleinen umrennt.«

»Herr Vorsitzender!«

Das war Jossel. Ein elender Naseweis von neun oder zehn und dazu noch orthodox bis zum Gehtnichtmehr. So einer, der die Tora* auswendig kannte und außerdem auch noch Geige spielte.

»Herr Vorsitzender, Sie dürfen nicht … die Kleinen … sagen. Jedes Kind ist ein vollwertiger Mensch, Doktor Korczak hat das ganz richtig formuliert. Ich zitiere …«

»Schlepp doch den Vorsitzenden vor das Gericht!«, rief ich Jossel zu. Keiner lachte.

Pavel bot den Kleinen seine Entschuldigung an und die Sitzung wurde fortgesetzt. Das Kinderhaus gegen Mojsche Schuster.

»Warum darf ich keine schlechte Laune haben? Es ist Krieg, verdammt! Die Bomben fliegen einem um die Ohren. Es gibt fast nichts mehr zu essen ...«

»Faule Ausreden«, rief Mietek. »Der Herr hat Probleme, aber die soll er nicht an uns auslassen!«

»Nun, du bist natürlich ein Engelchen«, maulte ich.

Er wandte sich an den Saal.

»Mojsche hatte schon schlechte Laune, bevor der Krieg angefangen hat.« Gelächter. Das gefiel ihm. »Was sage ich? Schon vor dem letzten Krieg war er eine kleine Giftschlange.«

Alle begannen durcheinander zu schreien. Der Stab griff nicht ein. Anordnung von Korczak. Der war jetzt viel unterwegs. Er rannte von Barrikade zu Barrikade, um die Kämpfer zu ermutigen. Die Deutschen hatten Warschau umzingelt. Deshalb durfte der Doktor ausnahmsweise, obwohl er Jude war, wieder ins Studio. Täglich sprach er den Warschauern Mut zu. Er tröstete die Menschen, die jemanden verloren hatten und ermutigte die »Volksdeutschen«, sich für die polnische Seite zu entscheiden. Die Juden brauchte er nicht anzusporen: Sie kämpften an seiner Seite, mit dem Rest von Polen, den die Deutschen noch nicht erobert hatten.

»Wir haben ein Problem mit Neujahr«, sagte Rejsele.

»Keine Ablenkungsmanöver«, rief Mietek. Ich hatte

gar nicht gewusst, dass er so lange Wörter kannte. »Wir wissen alle, dass Mojsche in deiner Gruppe ist. Hör auf, die Hand über ihn zu halten.«

Rejsele wurde rot, blieb aber stehen. »Lasst mich aussprechen. Es geht ja um Mojsche.«

Pavel schlug mit dem Hammer auf den Tisch.

»Wir wollten Äpfel mit Honig machen, für unser Neujahrsfest«, sagte Rejsele. »Jan sollte einen Schubkarren voller Äpfel vom Bauernhof bringen, aber jetzt kann er natürlich nicht kommen.«

»Wir schicken Mojsche durch die deutschen Linien!«, rief Mietek.

Das ging zu weit. Es wurde ganz still und alle schauten zu Esther, die neben Rejsele saß und schluchzte. Plötzlich sprang sie auf und rannte hinaus. Esther hatte gesehen, dass die Stadt brannte. Sie hatte Tote und einstürzende Häuser gesehen. Für uns, auf unserer Insel, war der Krieg noch nicht wirklich geworden. Es ging zu schnell. Die Deutschen waren ohne großen Widerstand in Polen eingefallen. Die Armee hatte sich heftig gewehrt, aber es gab nicht genug Waffen für die Soldaten. Jans Vetter war nicht einmal einberufen worden. Waffen? Nicht mal genug Schuhe haben wir, sagte er. Warum sie Warschau noch verteidigten, war mir ein Rätsel, aber ich hütete mich, das zu sagen. Es war aus mit uns.

Eine Erzieherin rannte Esther hinterher.

Rejsele ließ sich nicht beirren. »Wir können also keine Äpfel mit Honig essen, aber es gibt genug Mehl für Kuchen. Ich schlage vor, dass Mojsche in der Küche hilft, um seinen guten Willen zu zeigen.« Der Vorschlag wurde angenommen.

Jetzt hatte es mich erwischt. Das Gericht ging auseinander.

*

In der Wohnung wurde es mir zu eng. Der Mann von *Radio Tel Aviv* hatte mich durcheinander gebracht. Unruhig lief ich die Treppe hinunter. Was wollten sie plötzlich mit Korczak? Mussten sie wieder davon anfangen?

Ich machte meinen Morgenspaziergang durch den Basar. Schalom, Herr Schuster, wie geht's? Vermissen Sie Ihren Laden nicht? Ich nickte nach links und nach rechts und ging nach Hause zurück, um zu essen. Ich stellte die Hühnersuppe auf und setzte mich mit meiner Zeitung an den Küchentisch. Ich mochte den Geruch von Essen bei den täglichen schlimmen Nachrichten. Aber heute las ich kein Wort. Ein seltsames Kopfweh befiel mich, und die Buchstaben tanzten über die Titelseite. Ich stellte das Radio an und hörte mit halbem Ohr zu, während ich mir drei Aspirin in einem Glas Bier auflöste und hinunterkippte.

Wahlen, besetzte Gebiete. Ich rührte in der Suppe. Als ich aß, fiel die Unruhe von mir ab. Ich wusste, warum. Der Mann im Radio sprach mit einem polnischen Akzent. Ich machte die Augen zu und lauschte den vertrauten Klängen. Der Inhalt interessierte mich nicht. Es ging um Politik. Aber ich mochte den polnischen Akzent. Es folgte Geigenmusik. Eine Melodie, die ich von irgendwoher kannte. Aber woher? Dann kam der polnische Akzent wieder. Nun hörte ich zu. Es ging nicht um Politik, sondern um einen Wissenschaftler, der ein Buch über Mordechaj Gebirtig* schrieb. Ich aß meinen Teller leer, ohne etwas zu schmecken, und fühlte, wie mein Herz klopfte. Die Geige begann wieder zu weinen. Diesmal gab es kein Entkommen. Gebirtig, natürlich. Hunderte von Malen hatte ich Lieder von ihm im Radio gehört, aber nicht dieses. Ich versuchte aufzustehen, um das Gerät auszuschalten, doch meine Beine wollten mir nicht gehorchen. Eine Frauenstimme sang.

»Dort im Gässchen steht
still verträumt ein Haus.
Drinnen, in der Bodenstube,
wohnt meine liebe …«

Es war mir gelungen, gerade noch rechtzeitig. Das Birnchen am Radio ging aus, die Stimme erstarb. Keuchend lehnte ich mich an die Spüle. Nein, es war doch zu spät. In meinem Kopf, der nun fast auseinander brach, überschlugen sich die Erinnerungen in ihrer Eile, ans Licht zu kommen. Ich wankte zum Tisch, warf das Bier um und ließ mich auf den Stuhl fallen. Das Haus meiner lieben … Ich sah es in der Ferne. Nicht tausende von Kilometern weit weg und mehr als fünfzig Jahre zurück in der Zeit, sondern ein paar hundert Meter von mir entfernt. Ich konnte den Zaun schon sehen und das Dach, das hoch über den riesigen Kastanienbaum herausragte. Langsam und zögernd lief ich darauf zu, auf ihr Haus, das Haus der Kinder, Doktor Korczaks Waisenhaus in der Krochmalnastraße.

II

Warschau, 1939

Wie heiß es ist. Ich stelle die schwere Tasche ab und wische mir den Schweiß von den Händen.

»Gib mir doch die Tasche, Judenjunge!«, hat ein Straßenlümmel gerufen, als wir aus der Straßenbahn stiegen. Ich war wie immer überrascht. Ich bin blond, woran sehen sie denn nur, dass ich Jude bin? Wir haben uns nie groß darum gekümmert, dass wir Juden sind, Vater und Mutter nicht, als sie noch lebten, und Onkel Isaak, bevor er seinen Herzanfall bekam, schon gar nicht. Jetzt bin ich eine wirkliche Waise. Plötzlich denke ich an den Witz über das neugeborene Kind. Ach, nebbich*, rief seine Tante, so klein und schon ein Jude! Natürlich bin ich beschnitten, aber das kann dieser Lümmel doch nicht wissen. Manchmal sind wir in die Synagoge gegangen, und an Pessach* aßen wir Matzes*. Die meisten Polen gehen doch auch an Weihnachten in die Kirche, egal, ob sie nun besonders gläubig sind oder nicht.

Ich hatte Lust, dem Jungen eins aufs Maul zu geben, aber da war er schon weitergelaufen. Onkel Isaaks Dienstmädchen wollte mich bis zum Waisenhaus bringen, aber das ging mir zu weit. Ich habe sie zurückgeschickt. Sie sollen mich nicht an der Hand geführt ankommen sehen wie ein kleines Kind.

Ich hebe meine Tasche hoch und gehe weiter. Auf der

Krochmalnastraße ist viel los. Wohnen hier etwa alle auf der Straße? Ladenbesitzer haben ihre Waren auf den Bürgersteig gestellt. Man kommt fast nicht durch. An einer Ecke stehen einige stark geschminkte Damen. Eine von ihnen zwinkert mir zu. Ich gehe schnell weiter. In was für einer Gegend bin ich hier gelandet? In dem Viertel, aus dem ich komme, Praga, auf der anderen Seite der Wisla, sind die Straßen ruhig, die Häuser hoch und gut gepflegt. Hier sind sie so zusammengesackt, dass einige mit Hilfe von Holzbalken aufrecht gehalten werden müssen. Und all diese orthodoxen Juden mit langen Bärten und Mänteln. Ich werde mich hier nie heimisch fühlen.

Ein Stück weiter wird die Straße zum Glück ruhiger und sauberer. Es gibt auch mehr Gärten mit Rasenflächen. Vor einem großen Zaun bleibe ich stehen. Hier muss es sein. Der Hof ist leer und still. Kein Huhn ist zu sehen. Trotzdem gibt es Hühner, denn ich höre ein leises Gackern in den Verschlägen hinter dem Zaun. Ich gehe langsam über den Vorplatz und bleibe im Schatten einer Kastanie stehen. Jetzt tut es mir Leid, dass ich das Dienstmädchen zurückgeschickt habe. Am liebsten würde ich mich umdrehen und weggehen.

Zu spät. Eine große, kräftige Frau kommt aus der Haustür. Alles hier ist groß. Das Haus selbst ist vier Stockwerke hoch. Es hat einen Balkon und bestimmt hundert Fenster. Die Haustür ist breit und massiv.

Die Frau kommt auf mich zu. Sie ist rund und hässlich. Tausend Warzen hat sie im Gesicht. Kleine Augen schauen mich an. Ihre Hände sind grob und rot. Bestimmt hat sie Schwielen, vom Schlagen.

Ein einzelnes Kind, das geht noch, aber jeden Tag hundert Kinder schlagen, davon bekommt man Schwielen. Oder sie benutzt einen Gürtel, das kann auch sein. In Heimen gibt es bestimmt beides, den Gürtel als richtige Strafe und Ohrfeigen für zwischendurch, am Tisch, in der Klasse, im Badezimmer, auf der Straße.

Die Warzenfrau steht vor mir. Sie betrachtet mich. Ich starre zurück. Sie wird mich nicht sofort schlagen. Der Hausmeister kommt angelaufen. Ein magerer Mann in einer grauen Stoffjacke. Er hat einen spitzen Bart und eine Brille auf der Nase, und er grinst in sich hinein, als gäbe es auf dieser Welt was zu lachen. In seiner Welt vielleicht.

Ich reiche ihm meine Tasche. »Vielen Dank, junger Herr«, sagt er. »Möchten Sie mir bitte folgen?«

Sobald ich die Chance bekomme, haue ich ab. Eine Arbeit und ein möbliertes Zimmer finde ich immer.

Der Hausmeister geht vor mir die Treppe hinauf. Es gibt zwei Geländer, ein niedriges und ein hohes. Seltsam.

Im ersten Stock stellt er meinen Koffer ab und macht eine Tür auf. »Ist das mein Zimmer?«, frage ich.

»Das ist mein Zimmer. Zieh dich aus.«

Es ist eigentlich kein Zimmer, sondern eine Art Balkon, der hinunterschaut auf den vollkommen leeren Speisesaal unten. Wo sind denn alle?

In dem Raum steht ein Schreibtisch, ein Schlafsofa, ein Tisch mit einer Waschschüssel und eine große Waage.

»Warum soll ich mich ausziehen?«

»Ich werde dich wiegen und dir die Haare schneiden.«

»Ich bin gerade beim Frisör gewesen.«

»Allen Neuankömmlingen werden die Haare kurz geschnitten. Wegen der Läuse.«

Ich mache einen Schritt zur Tür. Wenn Onkel Isaak noch lebte, würde er sich beim Direktor beschweren. Dieser schreckliche Hausmeister würde entlassen werden. Mein Onkel war zwar auch nicht besonders nett, aber eine Peitsche, die man kennt, ist besser als ein Stock, der noch am Baum wächst.

»Läuse?«, sage ich. »Ich habe keine Läuse. Straßenkinder haben Läuse.«

»Hier gibt es nur Straßenkinder. Und Läuse kümmern sich nicht darum, ob jemand arm oder reich ist. Von denen kann man noch was lernen.«

Wieder grinst er.

Ich ziehe mich langsam aus.

»Als ich bei der Armee war«, sagt er, »hatte ich auch Läuse. Obwohl ich der Arzt war.«

Ich bekomme eine Gänsehaut. Ein Schauer läuft über meinen nackten Rücken. Das ist der Doktor. Das ist Doktor Korczak, der Direktor des Kinderhauses. Und ich habe ihn meine Tasche tragen lassen, als wäre er der Hausmeister. Er hat mich reingelegt, der Drecksack.

»Du siehst wirklich sauber aus«, sagt er freundlich.

»Deine Kleidung auch, sogar deine Unterwäsche. Vielleicht sollten wir für dich eine Ausnahme machen.«

»Gerne, Herr Doktor.«

Er zupft nachdenklich an seinem Bart.

»Du bist dann aber der einzige Neuankömmling mit langen Haaren. Alle werden dich anstarren. Sie werden sagen, dass du bei mir einen Stein im Brett hast. Oder bei Frau Stefa, unserer Direktorin. Und so etwas hassen sie hier wie die Pest.«

Ich gebe es auf. Sie beschwatzen einen doch immer. Sie sagen: »Natürlich darfst du drei Portionen Eis essen, mein Schatz, aber dann bekommst du heute Nacht bestimmt Bauchweh.« Oder: »Stell dich ruhig auf die Mauer. Aber wenn du in den Fluss fällst, ertrinkst du, da kann dir niemand helfen.« Oder: »Du willst also mit den Straßenbengeln Fußball spielen? Und wenn du Geschwüre bekommst? Wer muss sich dann um dich kümmern?« Also bleibst du im Haus, damit dir nichts passiert, und langweilst dich zu Tode.

Der Doktor schneidet mir die Haare über einer Zeitung.

»Russland und Deutschland schließen einen Pakt«, lese ich.

Der Doktor folgt meinem Blick.

»Da sieht man's«, sagt er. »Sogar Russland und Deutschland versprechen, dass sie sich nicht gegenseitig angreifen wollen. Da werden wir uns doch nicht streiten, oder?« Wieder dieses seltsame kleine Lachen.

Während ich auf der Waage stehe und der Doktor einen Bleistift sucht, höre ich auf der Straße ein lautes Singen. Es klingt, als nähere sich dem Haus ein Aufzug von hundert Kindern. Als kurz darauf die Haustür aufgeht, wird mir klar, dass das stimmt. Die Halle ist ganz schnell voll. Der Doktor sagt etwas zu mir, aber der Lärm ist so groß, dass ich ihn nicht verstehe. Die große Frau klatscht in die Hände. Vermutlich ist sie Frau Stefa. Ganz ruhig gehen die Kinder mit ihren Gepäckstücken die Treppe hinauf.

Es klopft.

Ich schnappe meine Unterhose.

»Warte einen Moment draußen, Rejsele«, ruft Korczak.

Woher weiß er, wer draußen steht? Kann er durch geschlossene Türen schauen?

Ich fühle mich albern, so nackt, während er mich wiegt, alles in eine Art Kassenbuch schreibt und mich untersucht.

»Zieh dich wieder an.«

Junge, Junge, ich darf meine eigenen Kleider anbehalten. Muss ich keine Heimuniform anziehen?

Rejsele kommt herein, als ich dabei bin, meine Schnürsenkel zuzubinden. Ich versuche, heimlich durch eine Haarlocke zu ihr hinüberzuschielen, doch sosehr ich den Kopf auch schüttele, mir fallen keine Strähnen vor die Augen.

»Doktor!«, ruft sie aufgeregt. Sie läuft auf ihn zu und

bleibt dicht vor ihm stehen. Es fehlt nur noch, dass sie ihm einen Kuss gibt.

Was für ein seltsames Mädchen. Ich habe mich aufgestellt und kann sie jetzt in aller Ruhe betrachten, denn die beiden achten nicht auf mich.

»Es ist so schade, dass Sie nicht dabei waren!«, plappert sie.

Ihr braunes Gesicht strahlt. Sie sieht nicht wie eine arme Stadtwaise aus, eher wie ein Bauernmädchen. Sie ist groß und kräftig und hat schon Figur. Sie ist mindestens dreizehn.

Sie hat ein braun-blau kariertes Kleid an, mit einem Ledergürtel, wie Pfadfinder sie tragen. Wie kommt sie nur auf die Idee! Und es baumelt ein Taschenmesser daran, an einem Metallring. Sie schiebt eine Hand in die große Tasche ihres Kleides und holt ein Glastöpfchen heraus.

»Für Sie!«, sagt sie. »Himbeeren. Vom Bauernhof. Und viele Grüße von Jan.«

Der Doktor nimmt Rejsele das Glas aus der Hand und Rejsele schüttelt ihren Zopf nach vorn. Allmächtiger, was für ein langer Zopf! Damit wollen sie einen nur herausfordern. Sie tragen Zöpfe oder eine Tolle auf der Seite, mit einer Schleife darin, oder einen Pferdeschwanz, und man kann nichts anderes tun, als daran zu ziehen, ob man will oder nicht. Und dann fangen sie an zu kreischen oder zu weinen und man muss nachsitzen oder bekommt Hiebe mit dem Stock. Dabei legen sie es doch drauf an. Ein Junge trägt ja auch keine Zöpfe. Na ja, abgesehen von manchen Juden, aber das sind kurze Zöpfchen. Übrigens, Jungen neckt man nicht. Die ärgert man oder schlägt sie zusammen.

Dieser Jan ist bestimmt ihr Freund.

Sie muss schon seit Jahrhunderten hier leben, wenn man ihr die Haare abgeschnitten hat, als sie ankam. Und jedes Jahr, seit sie hier wohnt, ist ihr Zopf ein Stück gewachsen. Ein Zopf als Kalender.

Ich habe mich auf den einzigen Stuhl gesetzt und äffe sie leise nach: »Viele Grüße von Jan, Doktor, und wie schade, dass Sie nicht dabei waren.«

Sie hören mich ja doch nicht. Rejsele erzählt vom Lagerfeuer, das sie mit den Pionieren auf dem Bauernhof gemacht haben, und dass sie gesungen und sogar Volkstänze aus Erez-Israel* gelernt haben.

»Die Hora*, Doktor, die kennen Sie doch bestimmt, nicht wahr? Haben Sie die auch getanzt, als Sie in Erez-Israel waren? Und den jemenitischen Schritt, kennen Sie den?«

Sie wird es ihm doch nicht vormachen.

Tatsächlich, sie hebt ihr Kleid mit beiden Händen etwas höher und macht ein paar Schritte. Vorwärts, rückwärts.

Das Blut steigt mir in den Kopf und ich schleiche zur Tür. Ich habe mir das Waisenhaus schon schlimm vorgestellt, aber das hier ist eine Irrenanstalt. Fast wünsche ich mir, dass Onkel Isaak noch am Leben wäre.

Rejsele bleibt stehen. Sie schlägt eine Hand vor den Mund, die andere streckt sie nach mir aus.

»Ich bin Rejsele«, sagt sie. Sie wartet.

»Das weiß ich«, sage ich.

»Und du?«

»Gebt mir ruhig eine Nummer.«

Sie verzieht keine Miene. Der Doktor lacht wieder. Gott, was hat der Mann immer für einen Spaß.

»Eine Nummer hast du schon«, sagt er. »Das muss sein, wegen der Verwaltung. Willst du, dass wir dich mit deiner Nummer rufen? Wir können gerne eine Ausnahme für dich machen.«

»Mojsche Schuster«, sage ich. Ihre Hand lasse ich, wo sie ist. In der Luft, ausgestreckt.

*

Wie heiß es ist. Mein Kissen ist nass geschwitzt. Wenn ich die schwere, bestickte Decke von mir werfe, wird der Doktor vorbeikommen und mich wieder zudecken. Er sitzt dort in seinem Verschlag zwischen unserem Schlafsaal und dem Schlafsaal der Mädchen. Durch das Fenster kann er uns alle beobachten.

Nie hat man hier seine Ruhe. Sechzig Jungen in einem Saal, wir sind wie Kühe in einem Stall.

Mietek schnarcht. Zum Glück liegt er nicht neben mir. Zwei Kartoffeln hat er mir beim Abendessen vom Teller geklaut, als Juditha nicht hingeschaut hat.

»Petzer!«, hat er geflüstert, als ich protestierte. »Weißt du, was wir mit solchen Grünschnäbeln wie dir machen?«

»Ich schlage dich zu Brei«, sagte ich leise und lächelte freundlich zur Erzieherin hinüber.

»Wir geben dir eine Null«, sagte Mietek. »Am Monatsende bekommst du von uns allen ein Zeugnis. Das hat sich der Doktor ausgedacht. Und wir geben dir alle eine Null, dann kannst du abhauen. Das haben wir uns ausgedacht.«

»Gott sei Dank«, sagte ich und legte den Arm um meinen Teller.

Ich muss mir was einfallen lassen, wie ich hier abhauen kann. Aber jetzt bin ich zu müde dafür.

Vorsichtig ziehe ich die Schublade meines Nachttischs auf und greife hinein. Ich versuche zu ertasten, ob mein Heft noch drin ist. Rejsele hat es mir gegeben.

»Ich bin deine Betreuerin«, sagte sie. »Ich werde dich begleiten.«

»Gehen wir auf eine Reise?«, fragte ich. »Ich bin doch gerade erst angekommen.«

»Ich helfe dir, dich bald hier im Internat zu Hause zu fühlen.«

»Internat, wie vornehm. Und wir sind wohl die Schüler aus gutem Haus?«

»Wenn du dir so vorkommen willst, bitte.«

Bestimmt tat es ihr Leid, patzig gewesen zu sein, denn sie zeigte mir freundlich mein Bett, meinen Nachttisch, den niemand außer mir anfassen darf, und das Heft, das sie bereits in die Schublade gelegt hatte.

»Wenn du etwas loswerden willst, kannst du es aufschreiben und mir das Heft geben. Ich schreibe dann zurück.«

»Ich schreibe nicht an Mädchen. Warum bekomme ich keinen Jungen, der mir alles zeigt?«

»Der Doktor sagt, es gibt keinen Unterschied zwischen Mädchen und Jungen.«

»Kein Wunder, dass er nicht verheiratet ist. Wenn er den Unterschied zwischen Mann und Frau nicht weiß.«

Sie wurde rot und lief weg, doch an der Tür blieb sie stehen und wartete auf mich. Stolz zeigte sie mir das ganze Haus. Der Waschraum ist modern. Unerwartet viele Badewannen stehen da in einer Reihe. Ich sah den Doktor und die Warzenfrau schon mit einem Waschlappen herumrennen, um sechzig Pimmel zu waschen. Ich besichtigte die Küche, mit Töpfen so groß wie Waschzuber, die Werkstatt im Keller, die Schuhmacherei.

Sie zeigte mir auch den Spielplatz hinter dem Haus, den Dienstboteneingang zur Küche, die Tür, die zum Kohlenschuppen und dem Vorratskeller führt, und die beiden Seiteneingänge. Bestimmt für das Personal, dachte ich, damit es nach einer Verabredung unbemerkt ins Haus schlüpfen kann.

»Der Doktor hat das Haus selbst entworfen.«

»Architekt ist er also auch, dein Wunderdoktor. All

diese Türen nach draußen, hat er sich die auch ausgedacht?«

Sie sagte nichts mehr und ich wusste, was sie dachte. Ein zusätzlicher Ausgang kann in dieser Zeit nichts schaden. Aber darüber sprachen wir nicht. Die Glocke erklang und ich ging zum Speisesaal.

»In diese Richtung«, sagte Rejsele. »Hier ist Einbahnverkehr.«

»Ist das eine Autobahn oder ein Speisesaal?«

»Du bist ganz schön frech. Sind in deiner Familie alle so nett?«

»Ich bin Einzelkind und habe keine Eltern mehr. Also bin ich wohl der Netteste.«

»Das merkt man, dass du ein Einzelkind bist. Du hattest bestimmt ein Zimmer für dich allein und deinen festen Platz am Tisch. Aber hier sind hundert Kinder, und wenn du dich nicht an die Regeln hältst, rennen sie dich über den Haufen.«

Sie zog mich zurück.

Ich riss mich los und stieß mir einen Weg frei durch den wimmelnden Haufen.

Und hier liege ich nun zwischen sechzig Jungen, die sich im Bett herumwerfen und stöhnen. Ein Kleiner weint sogar. Da kommt der Doktor schon. Ich habe es mir ja gedacht.

Ich mache die Augen zu. Er geht an meinem Bett vorbei und setzt sich zu dem weinenden Kind. In der Mitte ist der Bettrand breiter, speziell für nächtlichen Trost. Er hat wirklich alles genau ausgedoktert. Wenn man in seinen Kopf schauen könnte, was würde man da für seltsame Windungen zu sehen bekommen.

*

Ich gebe Rejsele mein Heft. Auf die erste Seite habe ich mit großen Buchstaben geschrieben: »Ich werde hier verrückt. Sie sollen alle ihren Mund halten!«

Das muss ihr genügen.

Dann laufe ich die Straße entlang. Ich wäre froh, wenn die Schule schon anfangen würde, aber ich habe auch Angst davor. Hier muss ich in eine jüdische Schule, obwohl der Doktor möchte, dass wir Polen sind. Im Internat dürfen wir nicht Jiddisch sprechen, aber einige Kinder tun es doch. Ich verstehe diese seltsame Sprache nicht einmal. Wir gehen in die jüdische Schule, weil die Obrigkeit das will.

Im Viertel ist es chaotisch. Ein Lumpensammler läuft mit seinem Karren über die holprige Straße und schreit: »Lumpen! Lumpen!«

Aber niemand hat Lumpen zu verkaufen, jeder trägt sie selbst. Kleine Mädchen versuchen Blumensträuße zu verkaufen. Überall der Gestank von nicht allzu frischen Fischen. Ein Schuhmacher hat seine Leisten auf den Bürgersteig gestellt und hämmert gemütlich in der Sonne.

Auf dem Grzybowskaplatz ist Markt. Alte Bäuerinnen verkaufen getrocknete Pilze, Kohl und Würste aus Schaffleisch.

Hier wird man nicht als Scheißjude beschimpft. Hier sind alle Juden.

Ich schlendere durch die engen, vollen Gassen. Am Ende der Sliskastraße ist ein Auflauf. Eine Schaufensterscheibe ist kaputtgeschlagen worden. Auf der Straße liegen zerbrochene Teller und Tassen. Die Vandalen waren mal wieder hier. »Juden verschwintet« ist mit Kreide in großen Buchstaben auf die Wand geschrieben. Diese Kerle können noch nicht mal richtig schreiben.

Der Besitzer des Ladens hat einen Eimer geholt und wäscht seine Wand sauber.

Ich bin nicht der Einzige, der sich in den Ferien langweilt. Am Ende der Krochmalnastraße laufen ein paar hoch aufgeschossene Jungen. Sie schreien und lachen und treten einen alten Hut über die Straße. In Deutschland haben die Kinder ein neues Gesellschaftsspiel. Es heißt »Judenhüte«. Man muss so viele Käppchen wie möglich sammeln. Die muss man in einem Judenviertel klauen. Wer am meisten hat, ist Gewinner. Die deutschen Kinder langweilen sich im Sommer bestimmt auch.

Ich gehe weiter.

An der Ecke der Zelaznastraße steht ein Junge von ungefähr acht. Er verkauft Streichhölzer aus einem Karton, den er vor seinen Bauch hält.

Ich brauche nicht hinzuschauen, um zu wissen, was

gleich passiert. Sie treten ihm den Karton aus der Hand und zertrampeln die Streichhölzer auf der Straße. Für solche Späße haben sie schwere Stiefel an. Die sind der letzte Schrei. Ich gehe ruhig weiter. Wenn man etwas gegen diese Kerle unternehmen möchte, sollte man besser zu zehnt sein. Ein Polizist geht durch die Straße. Er schaut auch nicht hin.

Judithas Bruder muss an der Universität in einer speziellen Judenreihe sitzen, getrennt von den anderen Studenten. Die Regierung glaubt, dass alles vorbeigeht, wenn man so tut, als wäre nichts.

Doktor Korczak darf nicht mehr im Radio sprechen. Niemand wusste, dass er Jude ist. Ganz Polen hat seine Sendungen gehört. Es ging immer um Erziehung. Ich fand es ziemlich langweilig, aber mein Onkel und meine Tante ließen keinen Vortrag aus. Ich hatte allerdings nie den Eindruck, dass sie dabei etwas gelernt haben. Jetzt darf der Doktor keine Vorträge mehr halten. Sie würden dahinter kommen und alles im Studio kurz und klein schlagen.

Als ich nach links in die Chlodnastraße abbiege, laufen sie zum Glück geradeaus weiter. Die bin ich los, aber mein Spaziergang ist versaut. Ich gehe zurück. Da kommen sie plötzlich aus einer Seitenstraße geschossen. Sie haben einfach einen kleinen Umweg gemacht und stehen jetzt direkt vor mir.

»Sieg Heil!«, sagt einer. Es klingt wie »Schicke Hölle«. Er lernt in der Schule bestimmt kein Deutsch.

Freundlich lachend schaut er mich an. Er hat schwarze Haare und dunkelbraune Augen und ihm fehlt ein Schneidezahn. »Kannst du nicht ordentlich grüßen?«

»Ich spreche kein Deutsch«, sage ich in anständigem Polnisch.

Er tritt einen Schritt vor. Seine Freunde grinsen amüsiert. »Sag ... Schicke Hölle ...«

»Aber ich kann Französisch«, sage ich, um es wieder gutzumachen. Er findet das nicht nett, glaube ich. Er schlägt mir die Mütze vom Kopf. Das wiederum finde ich nicht nett.

»Heb auf!«

Ich bücke mich gehorsam, um meine Mütze aufzuheben. Als ich in der Höhe seines Bauches bin, versetze ich ihm einen heftigen Stoß. Das ist nicht vernünftig. Jetzt werden sie mich alle schlagen. Zehn gegen einen, das ist gemein, denke ich noch, als mich die ersten Schläge treffen. Dann falle ich mit dem Kopf auf den Randstein.

Die Jungen rennen lachend und schreiend davon. Haben sie so schnell genug?

Der Polizist kommt angelaufen. Bestimmt reicht es ihm jetzt.

Als ich beim Heim ankomme, versuche ich, ungesehen durch die Seitentür ins Haus zu schleichen, ohne dass mich jemand sieht. Ich selbst sehe auch nicht mehr viel. Ich habe einen großen Riss in der Stirn, aus dem mir Blut in die Augen läuft.

Tagsüber darf man nicht in den Schlafsaal gehen, aber

ich laufe doch die Treppe hinauf. Eines der Kinder sieht mich und ruft Frau Stefa. Nie kann man hier tun, was man will. Sie kümmert sich sofort um mich.

»Zum ersten und zum letzten Mal, Mojsche: Wenn du diese Kerle siehst, nimmst du die Beine unter den Arm.«

Aus der Nähe sieht man, dass es überhaupt keine Warzen sind, sondern eine Art Knubbel unter der Haut und nicht mehr als zwei oder drei. Aber ihr Atem an meinem Gesicht ist nicht angenehm.

»Ich bin kein Feigling.«

»Sie sind zu viele. Du kannst nur beten und hoffen, dass wieder andere Zeiten kommen. Ich weiß, wovon ich spreche.«

Das Jod brennt gemein in der Wunde.

»Sie wissen alles besser, nicht wahr?«

»Schlag nicht so einen Ton an.«

Nicht allzu zart betastet sie die Beule. Ich muss die Tränen zurückhalten.

»Sie als Erwachsene sollten mehr Respekt vor Kindern haben. Das sagt der Doktor.«

»Und du sollst höflich zu mir sein. Das sage ich dir.«

»Wenn Sie so viel wissen, müssen Sie mir etwas erklären. Wenn mir jemand aufs Hirn schlägt, warum gibt es dann eine Beule und keine Delle?«

»Es heißt nicht Hirn, es heißt Kopf«, sagt sie. Sie schiebt mich aus der Küche.

Nie bekommt man eine ordentliche Antwort.

Zu allem Unglück stoße ich auf dem Spielplatz hinter

dem Haus auch noch mit Rejsele zusammen. Sie erschrickt beim Anblick meines Gesichts, sagt aber nichts dazu.

»Heute Abend bekommst du dein Heft zurück«, sagt sie. »Ich habe aber nicht geantwortet.«

Mietek hat sich geopfert und spielt mit den kleinen Jungen Fußball. Er tritt einem von ihnen den Ball zu und schlendert zu mir her. Interessiert betrachtet er meinen Kopf. »Hat sie dich abgeküsst?«, fragt er.

»Nein. Aber du darfst, wenn es dir Spaß macht.« Ich kehre ihm meine Wange zu.

Er spuckt auf den Boden. »Da sage ich nicht nein. Wohin ist sie gegangen?«

»Du lass gefälligst deine dreckigen Pfoten von ihr.«

Er lacht freundlich. »Weißt du, was passiert, wenn ich auf das Loch in deinem Kopf schlage?«

»Dann zerre ich dich vor Gericht und du wirst aus dem Haus gejagt.«

»Noch immer der alte schlappe Petzer, Mojsche? Du musst kämpfen, nicht quasseln.« Er lacht breit.

»Wie, glaubst du, bin ich an die Beule gekommen?«, frage ich.

»Nun …« Er denkt nach. »Du hast versucht, jemanden zu schlagen. Aber so bringt das nichts. Man schlägt mit den Fäusten, nicht mit dem Kopf. So.« Er stößt mir die Faust in den Magen und läuft weg.

Der Ball rollt in meine Richtung. Ich versetze ihm einen harten Tritt. Ein wildes Jauchzen erklingt.

Ich fühle mich schon ein bisschen besser.

Klirren von Glas.

Ein Fenster im ersten Stock. Die Scherben fallen auf den Balkon und auf den Spielplatz.

Jetzt ist es aus mit mir. Ich kenne das. Ein zerbrochenes Fenster, dafür gibt es Schläge mit dem Stock. Erst in der Schule, und dann zu Hause eine Zusatzportion. Kein Taschengeld, bis der Schaden bezahlt ist, und den Ball ist man los.

Korczak schlägt wohl nicht so schnell, aber Zalewski, der Hausmeister, fackelt nicht lange. Er hat noch unter dem Zaren gekämpft und das sieht man ihm auch an. Hände wie Kohlenschaufeln.

Da ist er schon. Er hat neue Scharniere an die Hühnerstalltür gemacht. Ordentlich legt er sein Werkzeug auf die Stufe und kommt auf mich zu.

Jetzt ist schon alles egal. Ich kann nichts mehr verderben. Als er vor mir steht, balle ich die Faust und hole aus.

Au. Granit. Bestimmt habe ich mir das Handgelenk verstaucht.

Da ist ja auch schon Korczak. Immer in Eile, immer unterwegs, aber wenn man ihn so wenig braucht wie Zahnschmerzen, dann steht er bereit.

Die Jungen sind näher gekommen, stehen um mich herum und freuen sich auf das, was kommt.

Korczak bückt sich, hebt ein Stück Glas auf und schaut sich um.

»Wer hat Hofdienst?«

»Das muss Mojsche aufräumen.«

»Wer hat Hofdienst?«

Zwei Jungen holen murrend einen Besen.

Korczak betrachtet das Glas mit gerunzelter Stirn.

»Da sieht man es mal wieder, Piotr«, sagt er zu Zalewski. »Die Menschen haben keinen Respekt vor Kindern. Sie erfinden alles Mögliche, Bomben, Radios, Flugzeuge. Aber keine Fensterscheiben, die einen Fußball aushalten.« Er grinst mir zu. »Wo doch Fenster und Fußbälle immer so nah beieinander sind.«

Dann lässt er mich allein mit meinem Henker.

Ich balle die Fäuste. Zalewski hält mir mit seinen Riesenhänden die Handgelenke fest.

»So, du schlägst also gerne zu?«

»Nimm die Hände weg, dann kannst du es sehen.«

»Dann können Sie es sehen. Sie!«

»Ich sage nicht Sie zu jemandem, den ich gleich niederschlage.«

Gebrüll auf dem Platz. Als Komiker kann ich immer noch reich werden.

Zalewski lacht nicht. Er legt eine seiner Kohlenschaufelhände um meinen Nacken und schiebt mich vor sich her in den Keller.

Hier kann er mich zusammenschlagen, ohne dass die Leitung es sieht. Korczak kneift bestimmt mal ein Auge zu. Der hat auch noch für den Zaren gekämpft. Alte Soldaten unter sich.

»Ich schlage auch gerne zu«, sagt Zalewski.

Das glaube ich gern.

»Reich mir mal die Gehrungslade her.«

Er macht eine Kopfbewegung zu einem Holzstück mit schrägen Einkerbungen. So ein Ding habe ich noch nie gesehen, und bestimmt bin ich noch nie mit so etwas geschlagen worden. Das Leben ist voller Überraschungen.

Er steckt die Gehrungslade in einen Schraubstock und klemmt ein Brett darin fest.

»So bekommt man schöne Sägeflächen. Genau fünfundvierzig Grad. Los, fang an.«

Nach einer Stunde Plackerei verstehe ich, woher er solche Arme und Hände hat. Ich habe ein ganzes Fenster gesägt, das jetzt nur noch zusammengesetzt und verleimt werden muss. Ich schwitze vor Anstrengung und Stolz.

»Das kam gerade recht, das mit der Scheibe«, sagt er. »Der Falz war verfault, es muss ein neues Fenster rein.«

Er steckt sich eine Zigarette an. »Nicht verraten. Man darf hier nicht rauchen, mit all dem Holz. Aber du weißt ja, was der Doktor sagt: Ein Kind hat das Recht auf seinen Tod.«

»Was?«

»Wenn man einem Kind alles verbietet, was gefährlich ist, dann stirbt es vielleicht nicht, aber leben tut es auch nicht. Und das gilt auch für einen Mann. Findest du nicht? Ich werde es wohl überleben. Ich arbeite nun schon zwanzig Jahre hier und hoffe, bis zu meinem Tod zu bleiben. Und falls wirklich die Deutschen ...«

Wir hören Schritte auf der Treppe und Zalewski tritt seine Kippe aus. Korczak kommt herein. Er hüstelt und Tränen kommen ihm aus den Augen. Von dem bisschen Rauch? Er sieht mich nicht. Er geht direkt auf Zalewski zu und packt ihn am Ärmel.

»Piotr«, sagt er. »Sie sind gekommen. Sie sind in Polen eingefallen.«

Ich schleiche die Treppe hinauf. Es ist fast Essenszeit und die Kinder kommen in Scharen.

»Mojsche ist in Rejsele verliebt«, singt Mietek, als er mich sieht, und seine Kumpel stimmen mit ein.

Das Blut strömt mir in den Kopf.

»Halt's Maul«, sage ich. »Geh lieber und höre Radio, du Dummkopf.«

Es wird totenstill. Alle wissen, was ich meine. Schweigend schieben sich die Jungen an die Tische. Sie werden mich nicht mehr ausbuhen. Vorläufig bin ich gerettet. Gerettet von den Deutschen.

Als Korczak mit Frau Stefa und den Erziehern in den Speisesaal kommt, braucht er nichts mehr zu sagen.

*

Es ist warm in der Küche. Ich habe die Hände bis zu den Ellenbogen in einer Teigschüssel und fühle mich lächerlich. Ich bin der einzige Junge in dieser Frauendomäne.

Rejsele lacht mir zu, aber ich schaue in die andere Richtung. Schließlich ist es ihre Schuld, dass ich hier Teig kneten muss statt … ja, statt was? Wir dürfen nicht hinaus, außer den orthodoxen Jungen. Die sind mit Begleitung zur Synagoge gegangen, um das Schofarblasen* zu hören.

Ich beneide sie nicht. Mich schaudert immer bei diesen heiseren Tönen.

Fußball spielen auf dem Platz hinter dem Haus geht auch nicht. Es ist zu gefährlich. Außerdem ist Rosch Haschana*. Wir müssen über unsere Sünden nachdenken und gute Vorsätze für das neue Jahr fassen.

Die kleinen Kinder haben Kastanien gesammelt und basteln Püppchen und Spinnen.

»Jetzt hast du genug Brei für ein ganzes Regiment«, sage ich.

»Das ist Teig, kein Brei«, sagt sie. »Der Unterschied ist …«

»Weißt du den Unterschied zwischen einem Schraubstock und einer Drehbank?«

Draußen hört man einen lauten Knall. Der Topf zittert auf der Anrichte. Ich möchte auf die Straße hinaus und schauen, aber das darf ich nicht. Ich nehme einen Teigklumpen und werfe ihn ins Feuer.

»So hat es meine Mutter auch immer gemacht«, sagt Rejsele. »Dann geht der Teig besser.«

»Wo ist Esther?«, frage ich. »Die klebt doch sonst immer an dir?«

»Sie sitzt unter der Treppe.«

Wir waren alle verstummt, als er sie anbrachte. Korczak in seiner Militäruniform, die er aus Gott weiß was für Gründen angezogen hatte. Vielleicht, um sich heldenhaft zu fühlen.

Hinter ihm, in einem sicheren Abstand, ein blasses Mädchen, das vor sich hin starrte und die Arme fest an den Körper gepresst hielt.

Korczak hatte sie auf der Straße gefunden, blutend, und sie zur Erste-Hilfe-Station gebracht. Später ist einer der Sanitäter zu ihm gekommen. Das Haus des Mädchens war ein Trümmerhaufen. Ihr Vater war tot. Eine Mutter hatte sie schon längst nicht mehr. Ob Korczak sie aufnehmen könne? Er hat sie selbst abgeholt.

Es gibt eine Warteliste für das Internat und die Zulassungskriterien sind streng. Aber in den letzten Tagen sind viele Kinder hergebracht worden.

Sie gehört nicht hierher. Sie ist gestört. Sie redet mit niemandem. Nur Rejsele darf ihr helfen und am Tisch neben ihr sitzen.

Ich ziehe das klebrige Zeug von meinen Fingern und nehme mir vor, im nächsten Jahr nie mehr in der Küche zu helfen. Aber erst mal muss ich meinen guten Willen zeigen. So lautet das Urteil des Kindergerichts. Was für ein Wahnsinn.

Honigkuchen backen für hundertzwanzig Kinder, da hat man schon einen ganzen Tag zu tun. Aber das Ergebnis lohnt die Mühe.

Auf den Tischen liegen diesmal sorgfältig gebügelte weiße Decken. Die Kerzen brennen. Korczak erzählt von Abraham, der seinen einzigen Sohn Jizchak Gott opfern möchte.

Ich habe mich immer über diese Geschichte geärgert. Warum legt sich Abraham nicht selbst auf den Scheiterhaufen, statt seinen Sohn so zu erschrecken?

Aber die Geschichte gehört nun mal zu Rosch Haschana, genau wie das Widderhorn und der Honigkuchen. Aus den guten Vorsätzen für das neue Jahr wird nicht viel werden. Am 27. September hat sich Warschau den Deutschen ergeben.

*

Meine Hände sind schweißnass. Bevor ich Blasen bekomme vom Sägen, kann ich doch wohl aufhören. Ich wische mir die Hände an der Hose ab und blase hinein.

»Schlappschwanz«, sagt Piotr.

Das lasse ich mir nicht bieten, ich greife an. Diesmal verstauche ich mir nicht das Handgelenk. Hüpfend teile ich Stöße aus. Ab und zu wehrt er achtlos ein paar Treffer ab. Als er genug davon hat, nimmt er mich in den Schwitzkasten.

»Wann zeigst du mir den doppelten Nelson?«, frage ich keuchend.

»Wenn das hier fertig ist.«

Piotr nimmt den Stapel Abbruchholz, den er irgendwo ergattert hat. Ich habe die alten Nägel herausgezogen. Die heben wir sorgfältig auf. Jetzt muss ich die Bretter in die richtige Größe sägen. Als ich fertig bin, schleppen wir den ganzen Stapel die Kellertreppe hinauf. Den Rest erledigen die anderen alleine.

Auf dem Hof treten sie vor Ungeduld schon von einem Fuß auf den anderen. Die großen Jungen und Mädchen bekommen Nägel, die sie mit einem Stein in die Bretter schlagen können. Für die jüngeren Kinder gibt es Zweige, um die Hütten damit zu bedecken. Ich mache nicht mehr mit. Ich bin zu groß für das Laubhüttenfest*.

Zalewski sagt zu den Jungen, sie sollten etwas leiser sein. Falls eine Streife vorbeikommt, müsse man sie nicht unbedingt herausfordern.

Am Versöhnungstag* haben wir nicht viel getan. Einige Kinder haben gefastet und David hat die Geschichte von Jonas und dem Wal erzählt.

Genau wie Jonas sitzen wir nun hier, im Bauch des stinkenden Tieres, ein bisschen eng ist es, aber sicher. Niemand weiß, wann der Wal uns ausspuckt und auf welchem Land.

Die Kleinen haben Bilder gezeichnet, um sie in die Hütten zu hängen. Als sie das Gehämmer draußen hören, schnappen sie ihre Zeichnungen vom Tisch, räumen ihre Stifte auf und holen ihre Mäntel von den Garderobehaken. Erst als sie draußen sind, beginnen sie zu rennen und zu schreien. Aber nicht lange, denn die Nachbarn auf der anderen Seite beschweren sich schnell.

Ich wundere mich darüber, wie ordentlich die Kinder sind. Sie bekommen nie Schläge und vom Gericht selten mehr als »Paragraph hundert«, eine Warnung.

Rejsele ist in der Küche. Das habe ich mir gedacht.

»Hast du schon wieder Dienst?«, frage ich.

Esther wirft mir einen bösen Blick zu. Sie wird eifersüchtig, wenn ein anderer Rejsele in Beschlag nimmt. Heute sieht sie verheult aus und noch blasser als sonst.

»Was tust du in der Küche? Willst du wieder Teig kneten?« Rejsele lacht fröhlich.

»Nie mehr im Leben.« Ich zeige ihr meine roten Hände. »Ich brauche Salbe, sonst kann ich morgen nicht arbeiten. Es ist niemand da, den ich fragen könnte.«

Sie schickt Esther. Die antwortet ihr in ihrer unverständlichen Sprache.

»Warum redest du Jiddisch mit ihr? Das ist doch verboten.«

»Dann fühlt sie sich vielleicht etwas heimisch hier. Es ist alles schon schlimm genug für sie.«

»Weichherzige Lehrmeisterin. So lernt sie es nie.«

»Na und? Dann eben nicht.«

»Na und? So hat doch alles angefangen, mit dieser idiotischen Einstellung! Sie sind Juden, aber sie leben schon seit Jahrhunderten hier, und kein polnisches Wort kommt aus ihrem dummen Mund! Kein polnisches Buch haben sie gelesen, keine polnische Wurst gegessen, keine polnischen Kleider getragen. Kein Wunder, dass die Polen denken: Haut doch ab!«

»Und was ist mit dir? Du bist ganz polnisch und trotzdem bist du hier eingesperrt, genau wie wir.«

»Die Guten müssen unter den Schlechten leiden.«

»Die Guten! Wenn ich das höre!«

»Rejsele, es ärgert mich einfach. Ich sitze in der blöden Straßenbahn voller Juden, sie schreien, sie fuchteln mit den Armen, sie quasseln und quasseln und man versteht kein Wort. Dann denke ich: Warum sprechen sie nicht die Sprache dieses Landes? Warum darf ich nicht hören, was sie sagen? Und außerdem stinken sie.«

»Arme Leute stinken. Sie essen schlecht und sie haben kein Bad. Und sie schreien. Sie leben zu zehnt in einem Zimmer, also schreien sie.«

»Wenn wir je eine Chance haben wollen, müssen wir akzeptieren, dass wir in Polen leben. Also auch Polnisch sprechen. Und wenn ein Kerl so ein blödes Gewand tragen will, soll er das zu Hause tun.«

»Deren Priester laufen doch auch in blöden Gewändern rum.«

»Das sollte auch aufhören.«

»Kommunist.«

»Wenn wir hier nicht dazugehören wollen, müssen wir zurückgehen in unser eigenes Land.«

»Lass Esther doch ihre eigene Sprache sprechen. Wir sind hier völlig abgesondert. Wir dürfen nicht mal mehr in die öffentlichen Schulen.«

»So ist es jetzt. Aber du musst nach vorn schauen.«

»Ach ja?« Rejsele wirft mir einen erstaunten Blick zu.

Ich werde rot. Was rede ich da! Die Zukunft! Mojsche Schuster sieht das Licht.

»Hier stinkt es auch«, sage ich.

»Wir haben Hering bekommen.« Rejsele strahlt.

Ich sehe ein armseliges Häufchen glitschige Fische auf der Anrichte liegen.

»Erwartest du, dass der Messias kommt und siebenmal so viel daraus macht?«

»Dafür brauche ich den Messias nicht«, sagt Rejsele. »Das kann ich alleine.«

Auf dem Boden neben der Anrichte dampft ein großer Topf mit gekochten Kartoffeln. Auf dem Herd steht eine Schüssel mit roten Rüben zum Abkühlen.

»Heringssalat für das Picknick«, sagt Rejsele stolz.

Lagerfeuer, Volkstänze und Picknick in den Laubhütten, das scheint ihr ja viel zu bedeuten.

Sie errät meine Gedanken. »Es erinnert mich an zu Hause. Als ich hierher gekommen war, in der ersten Zeit, wollte ich nie daran denken. Und später konnte ich mich an nichts mehr erinnern.«

Sie holt die Kanne mit Essig und öffnet ein großes Einmachglas mit eingelegten Zwiebeln.

»Hat Frau Stefa mir gegeben. Das letzte Glas. Lieb, nicht wahr?«

Sie ist die Einzige, die Frau Stefa lieb nennen kann, ohne dass man einen Lachkrampf bekommt. Sie nimmt das große Hackbrett, das über der Anrichte hängt, zieht das Messer über den Wetzstein und beginnt zu hacken.

Mit der linken Hand hält sie die Zwiebeln zurück, die nach allen Seiten fliegen wollen, wenn das Messer sie trifft.

»Wenn ich Kuchen für das Neujahrsfest backe oder Krapfen für Chanukka* oder wenn ich ›gefilte fisch‹* mache, erinnere ich mich an alles. Wie meine Mutter am Freitagabend die Kerzen angezündet hat. An die Beschneidungsfeier von meinem kleinen Bruder.«

Wir hören Esther in der Halle rufen. Bestimmt kann sie niemanden finden.

»Bei ihr ist es gerade umgekehrt«, sagt Rejsele. »Alles, was sie an zu Hause erinnert, macht sie ganz verrückt.«

»Deshalb solltest du auch nicht Jiddisch mit ihr sprechen«, sage ich.

Rejsele streckt mir die Zunge raus, aber als Esther ihr die Salbe gibt, bedankt sie sich auf Polnisch bei ihr.

»Gib her«, sage ich schnell. »Ich kann es alleine.«

»Das wirst du auch müssen«, meint Rejsele. »Wenn ich es tue, werden sie gleich Heringssalat mit Salbe essen.«

Ich schmiere mir die Hände ein.

»Ich verstehe es nicht«, sage ich. »Warum erinnerst du dich nicht an zu Hause, wenn du Kohlen schippst oder die Vorhänge vorziehst? Warum nur, wenn du für Feiertage kochst?«

Rejsele gibt Esther einen riesigen Stampfer und die drückt ihn kräftig und verbissen in den Topf mit Kartoffeln.

»Bist du überhaupt nicht gläubig, Mojsche?«

Ich schüttle den Kopf.

»Du meinst also, dass ein Mensch eigentlich nichts anderes ist als ein Tier? So wie Spinoza sagt?« Sie wirft mir einen besorgten Blick zu.

»Richtig. Genau wie ein Tier.«

Ihre Lippen zittern. »Der Mensch nicht höher oder tiefer als ein Tier …«, murmelt sie.

Ich habe es mal wieder geschafft. Jetzt ist sie traurig.

»Aber Mojsche, warum hat es dann unter den Tieren nie einen Spinoza gegeben?«

Was ist jetzt das? Ich höre ein seltsames unterdrücktes Geräusch über dem Kartoffeltopf aufsteigen. Esther lacht mich aus. Auch Rejsele kann sich nicht mehr zurückhalten. Sie hat mich reingelegt.

Wie oft habe ich diesen Witz nicht schon gehört?

»So ein Bart«, sage ich schlapp.

»Selber schuld. Du hältst uns von der Arbeit ab. Wenn du nicht helfen willst, dann verzieh dich.«

»Ich würde ja gerne, aber es wäre doch schade, wenn Salbe ins Essen kommt.«

Sie hebt ihr Hackmesser und ich flüchte aus der Küche.

Abends sitze ich mit den anderen in den Hütten auf dem Hof.

»Wo ist der Hering?«, sagt Mietek und stochert auf seinem Teller herum. »Er ist bestimmt einfach weiter geschwommen.«

»Ja, als er dich gesehen hat«, sage ich. »Meine Portion ist voll mit Hering.«

Ehrlich gesagt finde auch ich nur ein winziges Stückchen, aber es schmeckt nach siebenmal mehr.

*

Ich verstecke den Sack unter meinem Pullover und ziehe meine Jacke darüber fest zusammen. Unten an der Treppe lausche ich. Niemand da. Ich renne die Treppe hinauf zum ersten Stock.

Draußen höre ich das Gemurmel von Kindern, die versuchen, still zu spielen.

Die Tür des Arbeitszimmers ist zugeschlossen. Verdammt. Ich schaue mich um. Niemand zu sehen. Ich schlage an die Tür.

»Ich bin es, macht auf!«

Die blöden Gänse verderben alles. Marysia öffnet kichernd. »Es ist dein Freund, Rejsele.«

Rejsele hört es noch nicht mal. Sie näht voller Hingabe. Ihr Fuß bewegt sich schnell auf dem Pedal der Nähmaschine und ihre Hände sind jede mit einer anderen Aufgabe beschäftigt. Man kann sehen, dass sie oft Klavier spielt. Nur kommen jetzt keine Töne unter ihren Händen heraus, sondern Lappen und Lumpen.

Ich kippe meinen Sack aus. Missmutig betrachte ich den Berg Hölzer. Tagelang war ich damit beschäftigt. Nachts kribbelten mir die Beine, weil ich aus dem Bett springen und heimlich weitermachen wollte. Stolz wie ein Pfau habe ich den Sack voll gepackt. Und jetzt stehe ich zwischen kichernden Mädchen und sehe, was sie sehen. Nichts als Türknöpfe. Und noch nicht mal schön glatt geriebene und lackierte, sondern grob geschnitzt und schlampig mit schwarzer, roter und brauner Farbe gestrichen. Dazwischen liegen ovale Holzstücke, die aussehen wie Teelöffel mit abgebrochenem Stiel. Wie habe ich nur glauben können, dass daraus Marionetten für ein Puppentheater werden könnten, mit hölzernen Händen und hölzernen Köpfen? Tränen brennen hinter meinen Augen. Ich schiebe das Zeug zusammen.

Rejsele steht auf. Sie nimmt den obersten Lappen von dem Stapel neben der Nähmaschine. Sie hat auch nichts Besseres geschafft als ich. Ein formloses Puppenkleid mit langen Ärmeln und einem seltsam abstehenden Rand. Nur die Kreisel für die Jungen sind großartig geworden. Aber das ist kein Wunder, die hat ja auch Piotr gemacht. Er hat sie auf seiner Drehbank ordentlich rund geschliffen, ein spitz gefeilter Nagel hinein, Farbe drauf und fertig.

»Ich schlage dich auf den Kopf«, sagt Rejsele mit einer hohen Stimme.

»Tu's doch.« Mutlos wende ich mich ihr zu.

Was ich nun sehe, ist unverkennbar ein Kasper. Er hebt seine hölzerne Hand und gibt mir einen Klaps.

»Nur noch festkleben«, sagt Rejsele. »Dann Fäden dran und fertig! Eine echt polnische Marionette.«

Sie fummeln die Köpfe und Hände in die Kleider. Und so entsteht ganz schnell eine ansehnliche Truppe von Gendarmen, Krankenschwestern, Rotkäppchen und Drachen.

»Keine Angst, ich schlage dich nicht auf den Kopf«, sagt Rejsele. Plötzlich kommt sie zu mir und küsst mich auf die Wange.

Ich weiche zurück und knalle mit dem Kopf an die Tür. Marysia kriegt einen Lachanfall.

Ich ergreife die Flucht.

»Und ein schönes Chanukkafest!«, rufen Marysia und Halina.

Auf der Treppe versperrt mir Baruch den Weg. Die Treppe ist breit, ich versuche, an ihm vorbeizulaufen, aber er springt hin und her.

»Verschleiße deine Schuhsohlen nicht«, sage ich.

»Das ist für mich kein Problem, ich schneide mir einfach ein Paar neue.«

»Es gibt kein Leder mehr, das weißt du genau.«

»Ich suche Rejsele.«

»Na, dann viel Erfolg«, sage ich.

Er hält mich zurück. »Rutsch hinunter, wenn du dich traust.«

Ich hebe mein Bein über das Geländer.

»Pass aber auf«, sagt Baruch boshaft. »Der Doktor ist früher auch immer hinuntergerutscht. Bis er vor das Gericht musste. Er bekam eine ernste Verwarnung. Noch einmal, und er würde zur Strafe aus dem Internat gejagt werden. Verlass dich drauf, der hat die Hose ganz schön voll.«

Ich stelle mich wieder auf die Treppe und gebe ihm einen Schubs. »Lass mich jetzt vorbei.«

»Wenn du mir sagst, wo Rejsele ist. Jan ist beim Müller gewesen. Er hat uns einen Sack Mehl gegeben für die Krapfen. Einen ganzen Sack Mehl! Und die Hühner haben extra viel gelegt für die Feiertage. Zalewski hat schon immer vermutet, dass es jüdische Hühner sind, aber jetzt, sagt er, ist er ganz sicher.«

»Wir haben doch Personal, das für uns kocht«, sage ich von oben herab.

»Glaubst du, dass die Zeit haben, um hundertdreißig Krapfen zu backen? Und Rejsele schlägt mich tot, wenn sie es nicht machen darf. Chanukka ist ihr Fest.«

Da ist sie schon.

»Gleich«, ruft sie Baruch zu. Und weg ist sie.

»Den musst du hören«, sagt Baruch. »Ein Nazi begegnet einem Juden auf dem Alten Platz. ›Schwein‹, sagt der Nazi. ›Epstein‹, sagt der Jude und verbeugt sich.«

Er lacht laut. Ich gehe an ihm vorbei die Treppe hinunter. Ich fühle mich leer. Die Geschenke für Chanukka sind fertig. Die frommen Jungen sitzen im Studierzimmer und lesen in ihren gelehrten Büchern. Die Synagoge ist geschlossen, doch das hält sie nicht von ihren heiligen Verpflichtungen ab. Im Saal machen die Kinder Kerzenständer aus schlechten Kartoffeln, Fensterkitt und Karton.

Josef sitzt bei ihnen. Er arbeitet noch nicht lange hier. Auf der Straße ist kein Mann mehr sicher. Patrouillen durchkämmen die Stadt auf der Suche nach Männern und Frauen, die sie zur Zwangsarbeit verdonnern. Wenn man Glück hat, muss man ein paar Tage lang Blätter zusammenrechen oder die Straßen kehren. Wenn man Pech hat, kommt man in ein Büro der Nazis und wird getreten und geschlagen. Darum ist Josef hier. Wenn man eine Arbeitsstelle hat, ist man sicherer. Er schläft auf dem Dachboden bei den anderen Betreuern.

Seit kurzem kostet es die Patrouillen gar keine Mühe mehr, die Juden auf den Straßen herauszupicken. Wir tragen alle einen Stern. Sabina hat Nadeln und Garn ausgeteilt und jeder musste sich selbst das Stück Stoff mit dem Davidsstern auf den Mantel nähen.

Die Polen sind erleichtert. Die Deutschen können einen Polen nicht von einem Juden unterscheiden und haben manchmal zu Unrecht einen Polen zusammengeschlagen. Dieser Missstand hat nun ein Ende gefunden.

Ich gehe über den Hof zum Hühnerstall. Wenn es jüdische Hühner sind, sollten sie jetzt eigentlich auch einen Stern tragen.

»Mojsche! Mojsche!« Jossel kommt die Treppe herunter. »Hast du Rejsele gesehen?«

»Nein!«, schreie ich. Wieso fragen sie mich das immer? Und warum ist dieses Mädchen so unentbehrlich?

»Wir wollten zusammen spielen«, sagt Jossel. »Aber sie ist nirgends zu finden.«

»Rejsele ist zu alt, um mit dir zu spielen.«

Er lächelt freundlich. »Wir müssen für heute Abend üben, für unser Konzert.« Er läuft hinter mir her.

Der Speisesaal ist ganz leer. Es ist die Zeit der Dienste. Eine Gruppe größerer Jungen und Mädchen macht den Platz hinter dem Haus sauber. Rejsele ist nicht dabei.

In der Küche werden Kartoffeln geschält und Kohl geschnitten und es wird, wahrhaftig, Teig für die Krapfen gemacht.

Vor Baruchs Kammer stehen Kinder in einer Reihe, jedes mit seinen Schuhen in der Hand. Sie warten darauf, dass sie zum Schuhputzen dran sind. Auch hier keine Rejsele.

Im Büro des Doktors steht die Waage und ruht sich aus vom morgendlichen Wiegen. Wir nehmen alle ab, sagt der Doktor. Deshalb ist er jetzt ständig unterwegs, um Geld zu sammeln. Der Hilfsfonds gibt uns eine Zulage, aber das reicht nicht. Korczak rennt in der Stadt herum. Die Uniform hat er nur widerwillig ausgezogen, aber er weigert sich, den Stern zu tragen. Wenn er so weitermacht, ist kein »Paragraph tausend« nötig, um ihn aus dem Internat zu werfen. Dann kommen sie einfach und holen ihn ab.

Aus dem Mädchenschlafsaal dringen Geräusche. Dort dürfen wir absolut nicht hin, aber die Mädchen tagsüber auch nicht. Ich mache die Tür auf. Auf dem Bett am Fenster sitzt Esther. Rejsele steht neben ihr. Jetzt kommt sie auf uns zu.

»Sie sitzt schon seit Stunden so da. Sie schaut auf die Straße, ob ihr Vater sie holen kommt.«

»Verrückt«, sage ich.

»Ich muss sie aufschreiben«, sagt Jossel. »Sie darf tagsüber nicht im Schlafsaal sein.«

»Das ist Petzen«, sagt Rejsele.

»Es ist nicht gut, wenn sie sich absondert«, sagt Jossel. »Das schreibt der Doktor selbst, in *Wie man ein Kind lieben soll.*«

»Für jede Regel gibt es Ausnahmen«, sagt Rejsele.

Jossel runzelt die Stirn. »Wo steht das?«

»Nur die Nazis machen keine Ausnahmen«, sage ich. Jetzt weiß der Klugscheißer nicht mehr, was er sagen soll. Überlasst es ruhig Mojsche Schuster, dem Gegner das Maul zu stopfen.

Esther hat sich die ganze Zeit nicht bewegt.

Wir gehen zum leeren Speisesaal. Jossel holt seine Geige und Rejsele setzt sich ans Klavier.

»A-Moll«, sagt Jossel.

Rejsele nickt. Er spielt ein paar Takte, dann fällt sie ein.

»Rebbenju«, singt sie. »Oj, rebbenju …«

Jossel nimmt die Geige vom Kinn und antwortet: »Woß is?«

»Ich hob kejn flejsch for schabbeß …«

Ich lehne mich an das Klavier und höre zu. Musik ist was für Mädchen und kleine Jungen, aber ich habe im Moment nichts Besseres zu tun.

Es ist ein passendes Lied. Wir haben auch kein Fleisch für Schabbat*. An den anderen Tagen genauso wenig. Zum Glück gibt es noch Brot. Rejsele hat mir erklärt, wie es damit steht.

»Der Erste Minister …«

»Welcher Erste Minister?«

»Manchmal nennt der Doktor Frau Stefa ›Erster Minister‹. Das ist aus einem Buch von ihm, *König Hänschen*. Es handelt von einem Jungen, der König ist. Die Kinder in seinem Land bekommen jeden Tag Süßigkeiten und sie haben eine Fahne mit einem vierblättrigen Kleeblatt. Hast du es nicht gelesen?«

»Ich lese keine Kinderbücher.«

»Es ist in mindestens zehn Sprachen übersetzt worden. Darum sagt der Doktor, dass wir bei ihm sicher sind. Er ist so bekannt, dass es bestimmt sofort in der Zeitung steht, wenn sie uns etwas antun. Jedenfalls nennt er sie ›Erster Minister‹, wenn er gute Laune hat. Und sie selbst nennt sich Frau Stefa. Sie sagt, wenn man im Leben mehr als tausend Kinder gehabt hat, ist man kein Fräulein mehr.«

Von Frau Stefa aus darf man sich zwischendurch kein Brot aus der Küche holen, aber der Doktor sagt, dass Kinder immer Hunger haben. Bei Tisch durfte man sich deshalb so viel nehmen, wie man wollte. Hauptsache, man isst immer seinen Teller leer.

Aber diese Regel ist jetzt gestrichen. Man kann froh sein, wenn einem abends nicht der Magen knurrt.

»Rabbi ...«, singt Rejsele.

»Ja, was denn nun schon wieder?«, schnauzt Jossel so echt, dass sie beide in Lachen ausbrechen.

»Ich habe keinen Fisch für Schabbat ...

Ich habe kein Brot für Schabbat ...«

Erst als geklatscht wird, merke ich, dass einige Kinder zugehört haben. Sie haben ihren Ball, ihre Murmeln, ihren Bleistiftstummel im Stich gelassen.

Jossel pfeift eine Melodie und Rejsele wird rot.

»Dieses Lied nicht«, sagt sie.

Er kümmert sich nicht darum und spielt es doch.

Sie begleitet ihn, singt aber nicht. Jossel grinst und spielt ein langes Solo. Dann wühlt er in seinen Notenblättern, um ein anderes Stück zu suchen.

»Warum hast du nicht mitgesungen?«, frage ich sie. »Kennst du den Text nicht?«

»Gefällt es dir, wenn ich singe?«

»Nein, das nicht, aber nur Musik ist noch langweiliger.«

»Das Lied heißt *Rejsele*«, sagt sie. »Ich kann doch nicht über mich selbst singen, oder?«

»Worum geht es?«, frage ich.

Wieder wird sie rot. Jossel hat eine neue Musik ausgesucht und spielt.

»Ihr Freund steht vor dem Haus und wartet auf sie. Er pfeift hinauf, um sie zu rufen. Als sie herauskommt, sagt sie, dass er nicht pfeifen darf, denn ihre Mutter meint, das wäre nicht jüdisch.«

»Albern. Und dann?«

»Ich hatte den Text, aber ich habe ihn verloren. Jossel hat ihn auch nicht. Ich würde wer weiß was dafür geben, wenn er mir einfiele. Es ist so ein schönes Lied. Er verspricht ihr alles, was sie will. Auch was ihre Mutter will. Er wird fromm werden, zur Synagoge gehen, beten ...«

»Was für ein Trottel.«

»Er ist in sie verliebt. Deshalb ist er doch kein Trottel. Du bist ein Trottel. Mordechaj Gebirtig, der Mann, der *Rejsele* geschrieben hat, ist ein einfacher Ladenangestellter aus Krakau. Er kann noch nicht mal Noten lesen. Er denkt sich seine Lieder aus, wenn er in seinem Trödelladen Möbel poliert. Diese Melodien spielt er dann auf einer Flöte und ein Freund von ihm schreibt die Noten auf. Trotzdem ist er kein Trottel.«

Ich laufe weg. Ich habe genug von Musik.

Abends ist Rejsele nicht mehr böse mit mir. Sie sitzt an der Festtafel neben mir. Das Licht der Kerzen beleuchtet ihr Gesicht.

Wir haben einen Teller mit dünner Rübensuppe vor uns stehen und jeder einen gefüllten Krapfen.

Zuerst hat Josef die Geschichte des Abends erzählt, vom jüdischen Aufstand gegen Antiochus*, weit vor der christlichen Zeitrechnung. Er hat noch andere Beispiele gegeben von Juden, die sich gegen ihre Unterdrücker widersetzten. Als alle immer aufgeregter wurden und die kleinen Jungen »piff-paff-puff« und solche Sachen machten, wurde die Suppe aufgetragen.

Jetzt spielen die Jungen mit ihren neuen Kreiseln und die Mädchen führen flüsternd ein Theaterstück mit ihren Marionetten auf. Gleich kommt die Musik. Wir haben schon eine Vorstellung gehabt. Juditha hat mit den kleinen Kindern ein Stück einstudiert. Korczak hat darüber gelacht, als hätte er es selbst geschrieben. Vielleicht hat er das ja auch. Es war kindisch genug. Ein großes Mädchen hat sich als Chanukkakerze verkleidet. Sie hat sich eine Rolle Verdunklungspapier umgewickelt, mit einem Stängel auf dem Kopf. Die anderen Kinder spielten der Größe nach eine Kerze, die jeden Abend ein Stück kleiner wird. »Warum bist du nur so blöd, dich selbst zu verbrennen?«, fragt die große Kerze. Darauf hält ihr die Kleine eine Predigt. Als Kerze sei es besser, Licht zu verbreiten und zu verbrennen, als gar nichts darzustellen.

Blödsinn. Ich esse meinen Krapfen so langsam wie möglich, um noch etwas zu tun zu haben, wenn die Musik spielt. Aber so weit kommt es nicht. Es klingelt, es wird an die Tür geklopft, und Korczak und Frau Stefa rennen in den Flur.

Wir bleiben totenstill sitzen.

Nichts ist los, sagen sie, als sie kurz darauf zurückkommen. Trotzdem müssen wir sofort aufräumen und ins Bett gehen.

Es war eine Patrouille, natürlich.

Sie machen sich einen Spaß daraus, einem die Feiertage zu verderben. Dann holen sie besonders viele Menschen von der Straße weg und schlagen jeden zusammen, den sie treffen. Selbst dieses kleine Vergnügen wird uns nicht gegönnt.

Nun, ich mag Musik sowieso nicht besonders. Den Krapfen habe ich mit zwei Bissen verschluckt.

*

Wir haben Esther nicht verraten müssen. Krystyna hat es getan. Auf eine Tafel im Flur hat sie geschrieben: »Esther sitzt immer im Schlafsaal! Und sie sitzt auf meinem Bett.«

Esther ist unausstehlich. Sie weigert sich, auch nur ein polnisches Wort in den Mund zu nehmen, und weil Rejsele jetzt nicht mehr Jiddisch mit ihr sprechen will, stellt sie sich dumm. Sie kommt zum Essen, sie geht in die Schule und ansonsten drückt sie sich.

Heute ist Esther vor das Kindergericht geladen. Die Anklägerin ist Krystyna, ein dummes Mädchen, dem es trotz des Nahrungsmangels gelingt, dick zu bleiben.

Die dritte Partei, der Gerichtsvorsitzende, bin ich. Irgendein Idiot hat sich ausgedacht, dass ich mich gebessert habe, dass ich im Schreinerkeller eine gute Arbeit verrichte und mich nicht mehr bei jeder Gelegenheit mit anderen prügele. Zur Strafe darf ich den Vorsitz übernehmen.

Ablehnen konnte ich es nicht. Und so sitze ich nun hinter der lächerlichen grünen Filzdecke mit einem

Spielzeughammer in der Hand. Meine Mitrichter sitzen links und rechts neben mir.

Ich muss den Hammer nicht benutzen. Es ist still. Sogar im schützenden Bauch unseres Wals sehen wir genug, um zu wissen, dass es immer schlimmer wird. Juden werden aus ihren Läden gezerrt. Jeder muss sein erspartes Geld abliefern. Juden und Polen dürfen keine Geschäfte mehr miteinander machen. Auf den jüdischen Läden gibt es Aufschriften, so dass die Deutschen nicht mehr suchen müssen, wenn sie Schaufenster einschlagen und Lager leer räumen wollen.

Wegen all dieser Maßnahmen gibt es immer mehr Leute, die keine Arbeit haben. In den Straßen wimmelt es von Bettlern, barfüßigen Kindern, Frauen, die den ganzen Tag mit einem Sack Grünkohl oder ein paar Eiern hausieren gehen.

Die Besatzer verstehen etwas von Ernährung. Sie haben wissenschaftlich festgestellt, dass Deutsche zweitausendfünfhundert Kalorien pro Tag benötigen, Polen sechshundert und Juden einhundertvierundachtzig.

Und dann die Razzien. Sie schnappen keine Kinder für ihre Zwangsarbeit, jedenfalls noch nicht, aber wenn wir die Stiefel dröhnen hören, schleichen wir uns dicht an den Hauswänden weiter. Dann sehen wir aus den Augenwinkeln, wie Leute mit Peitschen und Stöcken auf Lastwagen getrieben werden.

Nur im Internat fühlen wir uns sicher. Und wir sind streng zu uns. Hier muss alles seine Ordnung haben.

Dem Gericht sind eine ganze Reihe Anklagen vorgelegt worden. Die habe ich jetzt vor mir liegen.

Daniel hat Henryk eine blutige Nase geschlagen. Er bekommt eine Verwarnung und muss einmal Dienst für Henryk tun.

Zwei Mädchen sind zu spät zum Kartoffelschälen gekommen und haben dann so schnell geschält, dass es mehr Schalen als Kartoffeln gab. Dabei gibt es ohnehin so wenig zu essen. Sie dürfen nicht mehr in der Küche arbeiten. Das ist wirklich eine Strafe. In der Küche bekommt man nämlich manchmal etwas zugesteckt.

Mietek ist schon an zwei Abenden nicht ins Heim zurückgekehrt. Das ist eine ernste Sache. Doktor Korczak und die Betreuer sind die ganze Nacht wach geblieben und waren in großer Aufregung.

Ich frage Mietek nach einer Erklärung.

»Ich wollte den Fluss sehen«, sagt er und lacht nervös.

»Du musst das Gericht ernst nehmen«, sage ich. »Du weißt genau, dass wir in dieser Zeit niemanden wegschicken können. Das darfst du nicht missbrauchen.«

Ich kann Mietek keine Strafe auferlegen. Er lässt sich von niemandem etwas sagen. Wir wissen uns keinen Rat. Der Doktor mischt sich ein. Das tut er sonst nie. Er war ganz aus dem Häuschen, als Mietek nicht heimkam.

»Du hast uns alle in Angst versetzt. Das war dir egal. Aber uns ist es nun auch egal. Wenn du wieder nicht heimkommst, werden wir keine Angst um dich haben. Es wird uns kalt lassen.«

Mietek sieht erleichtert aus. Er meint, er hätte Glück gehabt.

Der Doktor ist noch nicht fertig.

»Das bedeutet auch, dass wir dich nicht suchen werden. Weißt du noch, wie sie Josef geschnappt haben? Da bin ich zum Gefängnis gegangen und habe ihnen Geld bezahlt. Das werden wir für dich nicht tun. Du sitzt ja ganz einfach auf irgendeiner Brücke und betrachtest den Fluss. Nun, viel Vergnügen, Mietek. Und einen schönen Gruß an die Fische.«

Der Doktor geht weg. Ich habe ihn noch nie so böse gesehen.

Mietek zuckt mit den Schultern und spielt den Starken. »Kann ich jetzt gehen?«

»Natürlich«, sage ich freundlich. »Uns macht es nichts aus, wenn du weg willst.«

Er schaut sich ein bisschen verunsichert um.

Krystyna hebt ihre rundliche Hand. Alle schauen sie an und Mietek setzt sich still wieder hin.

»Wenn ich zum Schlafsaal gehe, um etwas zu holen, werde ich aufgeschrieben. Und du …«

Sie hält inne. Esther hört noch nicht mal zu. Sie hat sich einen Platz am Fenster ausgesucht, so wie immer, und starrt hinaus. Dort ist nichts zu sehen. Die Bäume sind noch kahl und der Himmel ist grau. Wir alle schauen Esther an. Sie gibt sowieso keine Antwort. Was soll ich tun?

Rejsele steht auf. »Eigentlich können wir das hier

nicht verhandeln. Aber sie spricht auch nicht mit Frau Stefa und der Doktor hat zu viel zu tun. Wenn es so weitergeht, muss sie in ein Krankenhaus.«

Esther rührt sich nicht.

Ich klopfe mit dem Hammer auf den Tisch. »Wir schlagen als Strafe vor, dass Esther das Heim verlässt. So wie sie sich verhält, passt sie nicht hierher.«

Auf einmal ist es sehr still im Saal. Weg aus dem Internat, das bedeutet zur Zeit so etwas Ähnliches, wie mitten auf dem Meer von einem Schiff zu springen.

Esther hat sich uns zugewandt, aber sie schaut über uns hinweg.

»Ich muss am Fenster sitzen«, sagt sie. Ihre Stimme ist seltsam hell für jemanden, der seit Wochen nicht mehr gesprochen hat. Vielleicht hat sie auf der Toilette geübt.

Sie spricht so langsam, dass ich ihr Jiddisch verstehe.

»Papa hat gesagt: Esther, du musst hier am Fenster sitzen bleiben, bis ich zurückkomme.« Sie lächelt. »Und dann hole ich dich mit dem Wagen und wir gehen in die Stadt essen.«

»Ich will nicht, dass sie auf meinem Bett sitzt«, schreit Krystyna.

Ich schlage mit meinem Hammer auf den Tisch und werfe ihr einen giftigen Blick zu.

»Aber es dauert so lange«, sagt Esther. »Und es dröhnt überall. Ich muss ihn suchen.«

Rejsele legt die Arme um sie. Esther lässt es sich gefallen. Und dann beginnt sie plötzlich zu schreien.

»Ich habe ihn verpasst! Ich muss am Fenster sitzen bleiben! Ich habe ihn verpasst!«

Nun hält es keiner mehr aus.

»Dein Vater ist tot«, ruft Baruch. »Tot, tot, tot. Hör auf mit diesem Blödsinn!«

»Sie stellt sich nur an«, kreischt Krystyna. »Sie soll von meinem Bett wegbleiben!«

Esther schreit immer lauter. Jossel geht zu ihr, mit seinen langsamen, festen Schritten, und schlägt ihr ganz ruhig ins Gesicht.

»Nicht schlagen!«, rufe ich und haue mit dem Hammer auf den Tisch.

Esther hat sich auf Jossel gestürzt. Sie kratzt und beißt und schlägt und Rejsele kann sie nicht zurückhalten. Jossel fällt auf den Boden. Esther wirft sich über ihn und fährt fort zu schlagen und zu treten. Vier Jungen sind nötig, um sie hoch zu ziehen.

Rejsele setzt sie auf einen Stuhl und hält sie fest. Jetzt schluchzt sie nur noch.

Krystyna ist wieder aufgestanden. »Sie muss …«

»Ja«, sage ich, »wir wissen Bescheid. Sie muss von deinem Bett wegbleiben.«

»Sie darf sich gerne auf mein Bett setzen«, sagt Halina. »Das steht auch am Fenster. Aber Krystyna darf sich nicht drauf setzen. Dann bricht es zusammen.«

Gelächter.

Wieder benutze ich meinen Hammer.

»Ich habe noch einen Vorschlag«, sagt Halina. »Dass

wir tagsüber nicht in die Schlafsäle dürfen, ist schön und gut, aber jetzt ist alles anders. Wir können nicht mehr hinaus. Die Schule wurde geschlossen. Wir brauchen mehr Platz.«

Es wird geklatscht.

»Du weißt, was der Doktor gesagt hat«, sagt Rejsele. »Es muss alles sauber bleiben. Sonst werden wir krank.«

Buhrufe.

Ich klopfe auf den Tisch.

»Antrag angenommen«, rufe ich.

Applaus.

Ich kann mir immer noch mein Brot als Richter verdienen.

*

»Du würdest einen guten Mordechaj* abgeben«, hat Juditha zu mir gesagt. Sie proben für das Purimfest wieder so ein albernes Theaterstück. Ich habe die Ehre dankend abgelehnt.

Marysia ist die Königin Waschti*. Sie hat eine Gardine um sich herumdrapiert und eine Papierkrone auf dem Kopf.

Ahasveros* trägt einen Perserteppich als Gewand.

Esther ist die Königin des Festes. Sie hat aufgehört, aus dem Fenster zu starren, und lernt eifrig Polnisch. Der erste Satz, den ich von ihr höre, klingt noch ein bisschen unbeholfen, aber wir können ihn gut verstehen. Sie streckt den Arm aus, hebt den Kopf und sagt mit klarer Stimme zu König Ahasveros: »Lass mein Volk gehen.«

*

Wer als Erster fertig ist, hat gewonnen. Mietek leckt die Briefmarken. Das geht fixer, als sie über den Schwamm zu ziehen. Dafür schreibe ich schneller. Wir haben Dienst, weil wir uns doch wieder geprügelt haben.

»Vom Doktor aus dürfen wir kämpfen«, sagte ich auf der Anklagebank. »Wenn wir uns an die Regeln halten.«

Mietek sagte nichts. Er hatte sich beim Kämpfen einen Zahn durch die Lippe gestoßen.

»Wenn ihr euch prügeln wollt, müsst ihr auf den Vorplatz gehen«, sagte Baruch. »Das ganze Arbeitszimmer war durcheinander.«

»Ach, Mensch, hör doch auf«, sagte ich. »Wenn ich wütend werde, gehe ich doch nicht erst brav und ordentlich mit diesem Scheißkerl hinaus.«

»Respekt vor dem Gericht«, sagte Baruch und schlug mit dem Hammer auf den Tisch. »Ihr müsst versprechen, nicht mehr innerhalb des Hauses zu kämpfen.«

Das haben wir natürlich bleiben lassen, deshalb plagen wir uns jetzt mit den Einladungen.

Mietek ist schon fast wieder der Alte.

»Im letzten Jahr brauchten wir keine Briefmarken. Da durften wir sie austragen, das war viel schöner. Wir haben überall etwas bekommen.«

»Gibt es jedes Jahr so ein Fest?«, frage ich.

»Bestimmt schon seit zwanzig Jahren. An Pessach werden alle eingeladen. Schau hier: der Judenrat*, der Hilfsfonds, der Direktor der Schule ... Hast du die Direktorin von ›Unser Haus‹?«

»Die darf nicht kommen, Dummkopf«, sage ich. »Polen dürfen Juden doch nicht mehr besuchen.«

»Kennst du den? Läuft eine Dame durch die Grybowskastraße. ›Kann man denn nirgendwo mehr hingehen, ohne Juden zu sehen?‹, beklagt sie sich. ›Doch, meine Dame‹, sagt Schlojme. ›Gehen Sie zur Hölle‹.«

Er lacht selbst am lautesten über seinen Witz.

»Wer bezahlt das ganze Fest?«, frage ich. »Die Leute müssen doch auch was essen und trinken.«

»Hast du Angst, dass es von deiner Ration abgeht? Sie bezahlen Eintritt.«

»Sie bezahlen? Um ein paar Kinder falsch singen zu hören? Dafür müssten sie doch Geld bekommen.«

Die Tür geht auf.

»This is the study«, sagt Korczak. Einige Damen und Herren folgen ihm. Eine der Damen betrachtet besorgt Mieteks Lippe. Er grinst und deutet auf mich. Ich mache ein angemessen stolzes Gesicht. Nein, da sind ausnahmsweise mal nicht die Nazis am Werk gewesen. Hier war Mojsche am Werk.

Korczak hat nichts von seiner üblichen Begeisterung. Führungen gibt es oft. Pädagogen von der ganzen Welt wollen sehen, wie toll er es macht.

Es sind nicht einfach Waisen, hört man sie denken, sondern Straßenkinder. Bengel aus der Gosse. Und schau nur, wie hübsch sie mit Messer und Gabel essen.

Sie schleichen also ein wenig misstrauisch um die Bengel herum und sind froh, wenn sie wieder weg dürfen. Doch vorher hält ihnen Korczak noch ein feuriges Plädoyer für das benachteiligte und verachtete Kind.

Aber heute merkt man nichts von seiner Begeisterung. Was ist los mit ihm?

»Das waren Leute vom Internationalen Roten Kreuz«, flüstert Mietek. Sie sind schon wieder weg. »Die werden von den Deutschen hergeschickt. Und dann schreiben sie einen Bericht, wie gut für uns arme jüdische Waisen gesorgt wird.«

»Hast du gemerkt, wie die Frau deine Lippe betrachtet hat? Die Dame kann wohl kein Blut sehen. Sie kann froh sein, dass sie nicht durch das Viertel laufen muss. Sie würde in Ohnmacht fallen.«

Wir bekommen einen Lachanfall. Tränen laufen über meine Wangen und fallen auf die letzte Einladung. Doktor Ringelblum und Familie erhalten diesmal einen Umschlag mit Flecken.

*

Am Sederabend*, nach dem Essen, strömen vornehme Damen in Pelzmänteln und Herren in Anzügen in den Saal. Wir sehen aus wie aus dem Ei gepellt. Als ich das unglückliche Gesicht von Piotr entdeckte, das aus seinem engen Kragen schaut, lache ich ihn aus. Er droht mir mit der Faust. Frau Stefa, Juditha, Josef und die anderen Erzieher begrüßen die Gäste freundlich, aber der Doktor scheint sich über irgendwas zu ärgern. Die ganze Woche schon hat er schlechte Laune gehabt, weil wegen des großen Reinemachens für Pessach das Haus auf dem Kopf stand. Alles Bettzeug musste gelüftet werden, die Kleider ausgeklopft, die Flure geputzt und die Küche musste von unten bis oben geschrubbt werden.

Und wozu das alles? Ganz einfach: Falls uns der Prophet Elijahu an Pessach besuchen würde, müsste alles aufgeräumt sein.

Jeder putzte wie verrückt, aber Josef setzte allem die Krone auf.

»Wofür ist das gut?«, fragte ihn der Doktor, als er auf dem glatten Fußboden ausrutschte. »Hier ist es doch immer sauber, oder? Und komm mir jetzt nicht mit diesem koscheren* Blödsinn. Es gibt bestimmt keinen Krümel gesäuertes Brot mehr im Haus. In den Schlafsälen darf sowieso nicht gegessen werden.«

»Und daran hält sich auch jeder?«, fragte Josef mit einem Zwinkern in meine Richtung.

»Ich wünsche dir nur eins, Josef«, sagte der Doktor. »Dass du später eine Frau heiratest, die in jedem Frühjahr das Haus auf den Kopf stellt. Dass du deine Pfeife nicht mehr findest, dass alle Bücher in Unordnung geraten, dass deine Briefe im Papierkorb landen und deine

Kinder demjenigen mitgegeben werden, der die Küchenabfälle abholt.«

Aber auf abgetretene Schuhe reagiert er verärgert. Ich frage mich, wie er sie in diesem Gedränge überhaupt bemerkt hat. Gerade als der Vorsitzende unseres hoch achtbaren Fördervereins auf ihn zugeht, packt der Doktor Daniel am Schlaffitchen.

»Du Lümmel! Dreckschwein! Raus mit dir!«

»Aber Herr Doktor …«

Er bekommt Mitleid. »Noch einmal, und ich reibe dich mit Schuhcreme ein.«

Dann begrüßt er den Vorsitzenden.

»Nicht dass ich selbst so elegant bin …«, murmelt er.

Dem kann der Vorsitzende nicht widersprechen.

»… aber Schuhe, auf die muss man aufpassen.«

Der Vorsitzende nickt. Sicher besitzt er selbst mindestens zehn Paar.

Rejsele setzt sich ans Klavier. Als sie anfängt zu spielen, verstummen alle, aber nach ein paar Tönen wird es unruhig im Saal.

»Chopin«, höre ich sagen.

Einige Damen und Herren drehen sich um und blicken den Doktor fragend an. Er zuckt mit den Schultern.

Chopin darf man nicht mehr spielen. Einen polnischen Komponisten zu spielen, das facht angeblich vaterlandsliebende Gefühle an. Ich verstehe das nicht. Mich bringt es nur dazu, sanft einzudösen.

Zum Glück für das besorgte Publikum tritt jetzt der Chor auf. Sabina hat im Nähzimmer alle Sänger mit einem weißen Kragen ausgestattet. Sie singen heilige hebräische Lieder.

Ich verstehe kein Wort. Sie selbst auch nicht, denke ich. Aber der Saal ist sehr zufrieden.

Dann tritt Jossel auf. Rejsele und er tragen Lieder von Gebirtig vor.

»ß'brent«, singt Jossel, »unser schtetl brent.«

Man hört, wie Stühle gerückt werden. Eine Dame verlässt sogar leise den Saal. Dabei handelt das Lied nicht mal von Deutschen, sondern von Polen, die ein jüdisches Schtetl plündern. Trotzdem denkt jeder an Warschau.

Wir denken natürlich an die Bombe, die auf unser Dach gefallen ist. Zum Glück war sie nicht sehr groß, aber es hat ordentlich gebrannt. Die Kleinen saßen im Keller. Wir mussten löschen helfen, in der Dunkelheit, in der Kälte. Ein Junge, der geholfen hat, ist krank geworden und gestorben.

Ich habe jene Nacht so schnell wie möglich aus meiner Erinnerung verdrängt. Nun bringt mich die Musik dazu, wieder daran zu denken.

Ich weiß, dass es den anderen genauso geht. Wir, die Bewohner, sitzen totenstill, während die Besucher hüsteln und sich unruhig umschauen. Falls es später Schwierigkeiten geben sollte, können sie sagen, dass sie dagegen waren.

Rejsele und Jossel treiben es nicht zu weit. Jossel singt *Avremele*, ein Lied über einen Waisenjungen, der stehlen musste, um am Leben zu bleiben. Die Damen und Herren machen zufriedene Gesichter. Schließlich ist es ihrer Mildtätigkeit zu verdanken, dass wir hier zu braven Hungerleidern aufwachsen.

Und dann kommt noch eine kleine Überraschung. Nicht *Rejsele*, sondern *Mojschele, majn frajnd*. Rejsele singt es. Ganz kurz schaut sie in meine Richtung, oder bilde ich es mir nur ein? Das Hemd klebt mir plötzlich am Rücken. Ob jemand glaubt, dass ich gemeint bin?

Wenn es nur nicht von Liebe und so handelt.

Was singt sie? Mein Jiddisch ist seit Kriegsbeginn sehr viel besser geworden. Wir reden nur noch mit Juden.

Es geht um zwei Jungen. Ich atme erleichtert auf.

Sie denken gemeinsam zurück an die gute alte Zeit. Wie sie in der Schule geschlagen wurden.

Heimweh nach dem Stock des Lehrers?

Da und dort wird gelacht. Ich habe den Text also richtig verstanden.

Die Kinder spielen alle mit.

»Wie geht es wohl Berele?«, singt Rejsele. »Und was macht Avremele? Und Salmele und Jossele?« Immer, wenn sie einen Namen nennt, steht das Kind, das so heißt, auf und macht eine Verbeugung. Sogar Baruch spielt mit. Sie werden mich doch nicht … Doch, beim letzten Refrain schaut Jossel zu mir her.

»Mojschele, mein Freund«, singt Rejsele und macht

eine leichte Verbeugung. Ich denke nicht daran! Ich bleibe steif auf meinem Stuhl sitzen, auch als alle sich nach mir umdrehen. Ich verbeuge mich nicht.

Jossel spielt den Schluss des Liedes. Alle beginnen zu lachen, Applaus bricht los.

Dieses blöde Mädchen. Na, vielen Dank!

Die Damen und Herren verlassen fröhlich den Saal.

»Und nächstes Jahr in Jerusalem«, rufen sie fröhlich.

Der Prophet Elijahu ist auch dieses Jahr nicht erschienen. Er wird sich hüten.

*

Die Arbeit ist eintönig. Zapfen soll ich machen, hat Piotr gesagt. Die Holzdübel einen nach dem anderen schleifen. Er fand mich in der Schreinerei, als ich ganz begeistert an einem kleinen Schrank arbeitete. Ein eigenes Schränkchen mit Schubladen, für Rejsele, wenn sie Geburtstag hat. Da kann sie ihre Sachen hineintun. Sachen hat sie zwar nicht, aber dann hat sie jedenfalls schon mal einen Schrank. Ich weiß noch nicht mal, wann sie Geburtstag hat. Kurz gesagt, es ist ein sinnloses Unterfangen, aber beim Hämmern vergaß ich das.

»Wenn du etwas machen willst, musst du es gut machen. Keine Schrauben. Und schon gar keine Nägel. Nur Holzverbindungen. Schwalbenschwanzverbindungen sind zwar schön, aber fang du mal mit Zapfen an. Und keinen Leim.«

»Du benutzt aber Leim«, habe ich geantwortet.

»Ja, für andere Sachen. Doch wenn du Holzdübel nimmst, kann sie den Schrank zerlegen und mitnehmen, wenn sie hier weggeht.«

Wenn sie hier weggeht. Ich nehme ein neues Stück Sandpapier. Es gibt zwar nicht mehr viele Nahrungsmittel und Brennmaterial, aber alle anderen Dinge werden billiger.

»Wann gehst du hier weg?«, frage ich Piotr.

»Ich gehe nicht weg.«

»Du darfst hier nicht arbeiten. Du bist kein Jude.«

»Na und? Die Köchin doch auch nicht.«

»Wenn sie dich schnappen …«

»Der Doktor wird das schon regeln. Ich habe hier zwanzig Jahre gearbeitet, und wenn ich von euch weggehe, dann ist es mit dem Kopf voraus.«

»In einem selbst gezimmerten Sarg?«

»Genau.«

Wenn er trotzdem weggeht, würde ich mit ihm gehen. Ich habe genug davon, hier eingesperrt herumzuhocken.

Seit die Schulen geschlossen sind, bekommen die Kleineren Unterricht von den älteren Jungen und Mädchen, aber für uns gibt es keine Lehrer. Ich wäre vielleicht ins Gymnasium gegangen, so wie Baruch. Jetzt lerne ich schreinern.

Plötzlich kommt der Doktor die Treppe herunter. Wird er mich wegschicken? Ich mache mich so klein wie möglich. Er schaut sich überhaupt nicht um. Er lässt sich auf den Hocker neben der Werkbank fallen. So ähnelt er einem alten Mann, der auf einer Parkbank sitzt und darauf wartet, dass er stirbt. Wenn er bei uns ist, sieht er nie so aus.

»Stell dir vor, Piotr, ich habe ein paar Kilo Speck bekommen.«

»Das Wasser läuft mir im Mund zusammen.«

Piotr zündet sich eine Zigarette an. Der Doktor sagt nichts dazu.

»Speck, Piotr. Von Schweinen. Unrein. Trejfe*.« Er kratzt sich hinter dem Ohr. »Aber wenn wir warten, bis alle im Sommerlager sind, und ihn dann zusammen aufessen? Da kräht kein Hahn danach.«

»Das Sauerkraut von meiner Mutter«, sagt Piotr. »Den ganzen Tag hat es geköchelt. Kraut, Speck, Wurst und Pilze. Es gibt nichts Besseres.«

Der Doktor klopft sich auf den Bauch und schiebt einen unsichtbaren Teller weg.

»Ich bin satt.«

»Das hat wunderbar geschmeckt«, sagt Piotr.

Sie lachen beide.

»Ich habe den Speck inzwischen eingetauscht. Gegen einen alten Truthahn. Der ist leider zäh.« Der Doktor seufzt. »Adam aus dem Judenrat sagt, dass hier auch ein Ghetto herkommt.«

»Das gibt es doch nicht.«

»In Lodz sind schon alle eingesperrt. Und in Krakau fangen sie auch schon an …«

»In Warschau wohnen eine halbe Million Juden, Doktor. Das sind doch viel zu viele ...«

»Du enttäuschst mich, Piotr.«

»Ich meine: zu viele, um sie einzusperren.«

»Trotzdem hat Adam es gesagt. Und der Judenrat ist gut informiert.«

»Vielleicht müssen Sie ...«

Der Doktor steht wütend auf. »Sag nichts. Das haben sie mir schon vorgeschlagen. Alle Kinder wegzuschikken. Zu entfernten Verwandten. Aber dann verhungern sie, bevor die Deutschen sie schnappen. Oder das ganze Waisenhaus nach Russland zu evakuieren. Weißt du noch, wie die Evakuierten aus Russland zurückkamen? Dort war es noch schlimmer.«

Bestimmt werden sie Russland auch angreifen. Wohin könnten wir gehen? Dänemark und Norwegen sind besetzt. Die Schweiz schließt ihre Grenzen.

Vom Hof her ist Jubel zu hören, das Rattern von Rädern und Pferdegetrappel.

»Das ist Jan«, sagt der Doktor und steht auf. »Er wird wohl Blumen bringen. Ich halte nicht viel davon, all die durchgeschnittenen Stängel. Aber die Kinder freuen sich darüber.«

»Hoffentlich hat er auch ein bisschen Gemüse und Kartoffeln mitgebracht. Sonst müssen wir am Erntefest** Margeriten essen.«

** gemeint ist Schawu'ot, das Wochenfest.

»Ich bin noch ganz satt von diesem Sauerkraut«, sagt der Doktor. Als er weggeht, ist sein Rücken wieder gerade. Mich hat er überhaupt nicht gesehen, dieser Wirrkopf.

An der Treppe dreht er sich kurz um. »Ist das noch ein Geschenk für Chanukka?«, sagt er beiläufig, ohne jemanden anzusehen. »Dann bist du aber spät dran.«

*

Diesmal erzählt Frau Stefa die Schawu'ot-Geschichte. Sie erzählt nicht oft. Auch sie hat heute ein neues Kleid an. Oder sieht es nur so aus? Sabina ist an der Nähmaschine eine wahre Zauberin. Sie trennt von allen Kleidern die Kragen und Manschetten ab, näht sie woanders wieder drauf und hat somit fünfzig neue Kleider. Schade, dass es mit dem Essen nicht auch so einfach geht.

Trotzdem hat es die Köchin wieder hingekriegt. Für jeden gibt es einen dünnen Pfannkuchen mit Quark.

Warum sitzen Zalewski, die Putzfrau und die Köchin auch beim Doktor am Tisch? Und warum ist Jan hier geblieben? Er sitzt neben Rejsele, die sich ganz offensichtlich freut, ihn zu sehen. Den ganzen Tag in der Sonne auf dem Bauernhof arbeiten und immer genug zu essen, dann wird man ein hübscher junger Kerl. Er ist mindestens zweimal so alt wie sie.

Nun habe ich sie doch angeschaut. Und das hatte ich mir eigentlich verboten.

Ich versuche, Frau Stefa zuzuhören.

»Und als Naomi wieder zurückging nach Kanaan, schickte sie ihre beiden Schwiegertöchter fort. ›Meine Söhne sind tot, und ihr stammt aus Moab. Warum solltet ihr mit mir in jenes ferne, unbekannte Land gehen?‹«

Frau Stefa hält einen Moment inne. Alle sind beeindruckt, außer Rejsele, die unterhält sich leise mit Jan. Könnte ich ihr nur von hier aus die Hand auf den Mund legen.

»Orpha ging fort, aber Ruth sagte: ›Wo du hingehst, da will ich auch hingehen. Wo du schläfst, da werde ich schlafen. Denn dein Volk ist mein Volk und dein Gott ist mein Gott. Wo du sterben wirst, da will ich begraben sein.‹«

Einen Moment lang ist es sehr still.

»Amen«, sagt Zalewski und schlägt ein Kreuz.

*

Habe ich's mir doch gedacht. Irgendetwas ist los.

»Wir haben eine Überraschung für euch«, sagt Frau Stefa. »Ihr geht dieses Jahr eher ins Sommerlager. Die Schule ist sowieso geschlossen. Morgen früh fährt Jan mit allen Sachen nach Goclawek. Ihr fahrt mittags.«

Jubel ist zu hören.

Ich schaue wütend zu Zalewski hin. Da tun sie immer, als hätten wir auch was zu sagen. Selbstverwaltung, Kindergericht, Parlament. Aber wenn es darauf ankommt, entscheiden sie ohne uns. Warum hat er mir nichts erzählt? Ich will nicht ins Sommerlager. Früher bin ich im Sommer auch immer in der Stadt geblieben, weil Onkel Isaak arbeiten musste. Ich trieb mich am Fluss herum. Als ich klein war, ging ich in den Zoo und träumte von fernen Urwäldern. Ich langweilte mich jeden Sommer, aber in der Stadt ist es schöner, sich zu langweilen, als draußen auf dem Land. Nichts als Kühe und Gras gibt es da und jeden Abend kann ich zuschauen, wie Rejsele mit Jan Hora tanzt.

Ob der Doktor auch mitkommt, wollen sie wissen. Das ist mir doch egal. Piotr bleibt bestimmt hier. Wenn wir weg sind, erledigt er überall kleine Reparaturen. Wer soll ihm dann helfen? Wetten, dass er das ganze Waisenhaus in Ordnung bringt und dass die Deutschen uns dann rauswerfen, wenn er gerade fertig ist.

»Ich muss hier noch alles Mögliche regeln«, sagt der Doktor. »Für eure Reise habe ich schon alle Papiere.« Er schwenkt einen Stapel Formulare. »Und abends komme ich nach. Ich wette, dass die Erdbeeren schon reif sind.«

Die Tische werden abgeräumt.

»Das ist nun wirklich eine Überraschung«, sagt Zalewski zu mir. Ich drehe mich um und gehe weg.

Wo du hingehst, da will ich auch hingehen. Das kann man vergessen!

Sommerlager, Goclawek, 1940

»Willst du mein Mädchen sein?«

Der alte Gaul dreht mir den Kopf zu und schüttelt seine Mähne.

»Nein?« Dann eben nicht.

Ich lade die alte Schubkarre voll mit Mist und fahre sie zum Misthaufen. Vor meinen Füßen schießen grüne und goldene Käfer nach allen Seiten. Mit dem Taschentuch wische ich mir die Stirn ab. Ein dreckiger Strohhalm ist am Taschentuch hängen geblieben und klebt jetzt an meinen Haaren. Bald werde ich kalt duschen.

In der Ferne singt jemand ein Lied. Es kommt aus dem Haus neben uns. Dort wohnen deutsche Mädchen. Vierzehn, fünfzehn Jahre sind sie alt. Ich weiß nicht, was sie hier tun.

»Im Prater blühn wieder die Bäume«, singen sie. Deutsch ist leicht, wenn man ein bisschen Jiddisch kann. Sie kümmern sich nicht um uns, aber wenn ich abends vor dem Haus sitze, höre ich sie lachen und reden. Ich versuche so viel wie möglich zu verstehen. Man weiß nie, wofür es gut ist.

Ich fahre die Schubkarre in den Stall zurück.

»Willst du mit mir gehen?«

Diesmal schüttelt Bless den Kopf nicht, sondern stampft mit dem Huf auf. Ich übe ein bisschen mit ihm.

Es wird nämlich Zeit, dass ich es ihr sage. Ich weiß selbst nicht, warum.

»Rejsele, magst du mit mir gehen?«

Nein, das hört sich dumm an.

»Ich finde dich sehr lieb.«

Das klingt mir zu schleimig.

Wütend knalle ich den Mist auf die Schubkarre.

Wenn ich im Sommerlager geblieben wäre, hätte ich nur Kartoffeln schälen oder Zwiebeln schneiden müssen, ein bisschen putzen oder fegen. Zwei Stunden Dienst am Tag, der Rest ist frei. Durch den Wald laufen, schwimmen, ein bisschen auf die Kleinen im Sandkasten aufpassen. Aber hier auf dem Bauernhof muss ich sechs Stunden am Tag arbeiten. Und zwar freiwillig.

»Ich kann nichts mit Leuten anfangen, die keine Lust haben«, hat Jan gesagt. »Dann geben die Kühe keine Milch.«

Rejsele hat sich natürlich gemeldet. Mietek folgte ihrem Beispiel sofort, auch Jossel und Esther, die ganze Familie. Ich würde sie tagelang nicht sehen, während sie mit Jan und den anderen braun gebrannten Zionistenjungen* in der Sonne Witze machte.

Ich hob die Hand. Große Überraschung bei allen. Rejsele freute sich, Mietek nicht.

»Oh, wie ich mich freu, mit dir zusammen im Heu«, flüsterte er.

Ich war der Letzte, der sich gemeldet hatte, deshalb stehe ich hier und miste aus, während die anderen auf den Feldern herumlungern. Erdbeeren pflücken, Bohnen hochbinden und ein bisschen unter den Beerensträuchern sauber machen. Ich höre sie lachen.

»Wenn du mich nicht willst, brauche ich dich auch nicht«, sage ich zu Bless. »Mir ist es egal.« Der Gaul schnaubt. Ich stelle die Schubkarre und die Mistgabel zur Seite und schaue hinauf zur Sonne. Bestimmt ist es schon vier Uhr. Ich habe mich mit ihr für nach der Arbeit verabredet.

»Spazieren gehen?«, hat sie erstaunt gefragt. »Nach der ganzen Plackerei?«

»Na und? Wenn du hier noch ein paar Wochen bleibst, bist du so dick wie Krystyna.«

»Sag du lieber nichts. Du bekommst auch schon einen ganz runden Kopf.«

»Das sind meine abstehenden Ohren. Dafür kann ich nichts.«

Aber sie hat ja gesagt. Meine erste Verabredung.

Der eiskalte Wasserstrahl schneidet mir die Luft ab, aber ich wasche und schrubbe mich, bis ich knallrot bin. Kein bisschen Mistgeruch darf an mir hängen bleiben. Kaltes Wasser ist gesund. Genau wie harte Arbeit im Freien. Bald habe ich solche Arme wie Jan und bin so braun im Gesicht wie er. Dann muss ich nur noch ein bisschen wachsen und ich bin unwiderstehlich.

Ich lache über mich selbst, als ich mich abtrockne. Ich weiß ganz genau, warum ich so fröhlich bin. Jan hat eine Freundin. Eine der Studentinnen, die auf dem Bauernhof arbeiten. Sie wollen zusammen nach Erez-Israel, sobald es möglich ist. Rejsele ist frei. Und darum heißt es: jetzt oder nie.

Jede Nacht werfe ich mich schwitzend im Bett herum und denke an sie. Das Geheimnis liegt mir wie ein Stein im Magen, zwischen den Kartoffeln und der Grütze mit Honig. Jetzt habe ich schon Bless gegenüber den Mund nicht halten können. Wenn ich es ihr heute nicht sage, platze ich noch oder beginne mitten unter dem Freitaggebet ihren Namen zu rufen.

»Warum lachst du?«, fragt Rejsele. Sie steht in ihrem blauen Sommerkleid vor mir. Ihr Zopf glänzt in der Sonne, und im Gesicht und an den Armen sieht ihre Haut aus wie Gold.

Ich gebe ihr keine Antwort.

»Was starrst du mich so an?«

»Deine Beine werden schon ein bisschen braun.«

»Was werden wir tun?«

»Heidelbeeren pflücken.«

»Im Juni?«

Wir gehen nebeneinander her. Ich gebe mir Zeit, bis wir das Sommerlager nicht mehr sehen können.

Sie will wissen, warum ich mit ihr spazieren gehen möchte.

»Einfach so. Und du?«

»Weil du mich darum gebeten hast.«

»Wenn dich jemand um etwas bittet, dann tust du es?«

»Vielleicht.«

Irgendwas läuft falsch. Sie soll nicht so dumme Fragen stellen. Wenn ich nachts übe, klappt es mit unseren Gesprächen viel besser.

»Und wenn Mietek mit dir spazieren gehen will, tust du es auch?«

»Los, wer als Erster am Wald ist, hat gewonnen«, ruft sie und ist schon weg. Dabei sagte sie doch, sie wäre müde.

Ich bin als Erster am Waldrand und bleibe an einen Baum gelehnt stehen. Ich tue, als müsste ich nicht keuchen. Sie rennt an mir vorbei und lässt sich ein bisschen weiter weg unter einen Baum fallen.

Langsam gehe ich zu ihr und setze mich neben sie. So kann ich ihr Gesicht nicht sehen, das ist besser.

»Rejsele …«

»Ich werde dir was erzählen, Mojsche«, sagt sie. »Ich kam ins Waisenhaus, als ich sieben war. Ich redete mit niemandem und nachts weinte ich um meine Mutter. Sie hatte Schwindsucht. Mein Vater war schon tot. Sie hat sich für mich und meinen kleinen Bruder kaputtgearbeitet. Als sie tot war, habe ich tagelang auf der Treppe gesessen. Es war Sommer, aber mir war kalt. Eines Tages saß ich auf der obersten Stufe und sagte mir: Spring doch. Ich hörte meinen Bruder in seinem Laufstall weinen. Ich rannte hinunter und hob ihn hoch. Ich konnte nicht sterben, ich musste für ihn sorgen.«

»Wo ist er jetzt?«

»Bei einer Tante. Aber sie konnte nicht zwei Kinder

aufnehmen. Mich hat sie hierher gebracht. Damals begann es wieder. Ich saß auf der Treppe und wartete darauf, dass ich mich trauen würde zu springen. Dann kam der Doktor.

›Guten Tag, kleine Rose‹, sagte er.

›Ich heiße nicht Rose‹, schrie ich.

›Eine Rose mit Dornen‹, sagte er. ›Aber hast du auch Knospen?‹

Ich wurde böse.

›Das ist schlau von dir‹, sagte er. ›Wenn du keine Knospen hast, werden sie dich nicht pflücken und in eine Vase stellen. Blumen gehören nicht in Vasen, meinst du nicht auch?‹

›Ich stehe schon in einer Vase‹, sagte ich.

›Dann müssen wir dich zurücksetzen in die Erde‹, sagte er. Er legte seine Hand auf meine. Ich schob ihn weg.

›Das ist unmöglich‹, sagte ich.

Ich dachte, er würde mir widersprechen. Dass die Sonne schon wieder scheinen werde und all diesen Unsinn.

›Zurück aufs Feld, das geht nicht mehr‹, sagte er. ›Aber was hältst du von einem Topf mit Erde, so wie die Geranien in meinem Zimmer? Ich vergesse immer, sie zu gießen. Das ist eine schöne Arbeit für dich. Du weißt, was Blumen brauchen, Röschen.‹

Ich goss seine Pflanzen und er sprach jeden Tag ein bisschen mit mir. Dann ließ er mich für einen kleinen

Jungen sorgen, der neu gekommen war. Und ich vergaß meinen Kummer. Dadurch bin ich so geworden, wie ich bin. Wenn ich niemanden habe, für den ich sorgen kann, setze ich mich oben an die Treppe.«

»Hier im Sommerlager gibt es keine Treppe«, sage ich.

»Stell dich nicht so blöd. Ich habe dir was Wichtiges erzählt.«

»Das wollte ich gar nicht wissen.« Ich drehe mich zu ihr und halte sie fest. Ich drücke meinen Mund auf ihren. Ihre Lippen werden weich. Ich beginne zu zittern.

Unsanft schiebe ich sie von mir. Ihre Augen glänzen.

»Und das?«, sage ich. »Tust du das auch nur deswegen, weil du für mich sorgen musst? Genau wie für Mietek und die anderen …«

Sie schaut mich an, ihre Augen sind nass.

»Hast du das deshalb getan?«, sagt sie. »Weil du böse auf mich bist?«

Zornig stehe ich auf. *Wie mache ich einen Heiratsantrag,* von Mojsche Schuster. Ich zertrete ein Mooshügelchen und laufe weg.

Am Waldrand steht eine Gruppe Soldaten. Deutsche.

Stocksteif bleibe ich stehen.

Der Vorderste kommt auf mich zu und sagt etwas auf Deutsch. In meinem Schreck verstehe ich nur »Röslein«. Röslein? Ich schaue mich nach Rejsele um.

Sie ist schneller als ich. Lächelnd zieht sie ihren Rock zurecht. Zwei polnische Bauernkinder vergnügen sich im Wald. Der Soldat schaut mich an. Er ist mager und blass und sein Blick ist nicht unfreundlich. Aber das hat nichts zu sagen. Ich versuche nachzudenken. Röslein?

»Ich kein Deutsch«, sage ich.

»Röslein?«, fragt er wieder und macht eine weite Handbewegung.

Plötzlich fällt mir das Lied ein, das die deutschen Mädchen oft singen. Etwas über ein Röslein auf der Heide. Natürlich. Er meint Rozyczka, unser Lager. Rozyczka heißt »kleine Rose«. Was wollen sie dort?

Ich würde gerne sagen, das Röslein steht auf der Heide, aber das ist nicht der richtige Zeitpunkt für Witze.

Rejsele stellt sich neben mich. Sie deutet in die Richtung des Lagers.

»Danke schön«, sagt der Soldat und geht mit den anderen davon.

»Warum hast du das getan?«, frage ich. »Wer weiß, was sie vorhaben.«

»Sie finden es ja doch«, sagt sie. »Und wenn du nichts sagst, schlagen sie dich zusammen.«

Unschlüssig stehen wir da. Deutsche Soldaten, das verheißt nichts Gutes. Bis jetzt haben sie das Lager und den Bauernhof in Ruhe gelassen.

»Lass uns weglaufen«, sage ich.

»Wohin?«

»Zu deiner Tante?«

»Die Juden in den Dörfern sind evakuiert worden. Genauso gut kann sie in Warschau sein.« Sie seufzt. »Mit meinem kleinen Bruder.«

»Jetzt können wir noch weg. Übrigens, ich werde bald vierzehn. Dann muss ich sowieso weg.«

»Baruch und Pavel sind auch nicht weggeschickt worden«, sagt sie.

»Außerdem habe ich keine Lust zu warten, bis sie uns wer weiß wohin deportieren.«

»Ich kann nicht weg, Mojsche. Ich gebe den Kleinen Unterricht. Ich werde Lehrerin und dann bleibe ich im Internat. Das könntest du doch auch, oder?«

»Ich mache mir nichts aus Kindern. Und auch aus dem Doktor nicht so viel wie du.«

»Das tust du doch. Auch wenn du es nicht zugibst. Und ich lasse mir von dir keine Angst machen.«

Sie zieht ihre Schleife auf und bindet sie neu. »Ein Kind hat das Recht auf seinen Tod«, sagt sie.

»Das ist Wahnsinn.«

»Ich bleibe in unserem Haus wohnen. Das ist das Leben, das ich möchte. Ich will nicht fliehen und herumziehen und abhängig sein von fremden Menschen. Ich will auch nicht nach Erez-Israel, wo ich auf Leute schießen muss, die mich vertreiben wollen. Hier ist mein Zuhause. Wenn ich es verlasse, dann nur … um zu heiraten und selbst Kinder zu bekommen. Oder um zu sterben. Das ist mein Recht.«

Langsam kehren wir zurück.

Im Lager geht alles seinen gewohnten Gang. Die Kleinen spielen unter Daniels Aufsicht im Sandkasten. Die Dienstgruppe deckt den Tisch fürs Abendessen.

Was für ein Überfluss. Für jeden gab es ein dickes Butterbrot und einen Becher Milch. Und auf den Tischen standen große Schüsseln mit Radieschen.

Aber in der Küche sitzen Gabriele und Lieka mit blassen Gesichtern und lauschen den Stimmen der Soldaten, die bei den deutschen Mädchen sind. Gelächter und Gesang dringen herüber. Jemand spielt Mundharmonika.

»Sie haben uns nach dem Weg gefragt«, erzählt Rejsele zögernd.

»Wenn der Doktor nur schon zurück wäre«, sagt Gabriele.

Immer der Doktor. Was glauben sie denn? Dass er seinen Federschmuck aufsetzt, einen Indianerschrei ausstößt und die Deutschen da drüben mit Pfeil und Bogen verjagt? Es wäre ihm zuzutrauen. Aber ich bezweifle, dass es viel nützen würde.

»Gehen wir essen«, sagt Lieka. »Vielleicht verschwinden sie ganz von selbst.«

Das tun sie nicht. Und als die Kleinen schon im Bett liegen, ist der Doktor immer noch nicht da.

Manchmal gehen wir abends zu den Studenten auf dem Bauernhof, aber heute Abend ist jeder auf der Hut. Es regnet ein bisschen. Ich suche in der armseligen Bibliothek nach einem Buch, aber der Kopf steht mir nicht danach. Daniel und Mietek spielen Schach. Baruch näht Sandalen und Rejsele flickt die zerlumpten Kleidungsstücke der Kleinen. Mir fällt etwas ein, was ich mal gehört habe: dass sich der Leib des Menschen angeblich innerhalb von sieben Jahren erneuert. So gesehen hat dieser Mojsche eigentlich nichts gemein mit dem früheren. Und ich frage mich, ob an den alten Hosen überhaupt noch ein Stück von dem Stoff ist, aus dem sie ursprünglich gemacht waren.

Rejsele hält die Stecknadeln im Mund, mit den Spitzen nach innen. Würde ich ihr jetzt einen Kuss geben, würde sie sich furchtbar stechen. Und doch würde ich ihr weniger wehtun als heute Nachmittag.

Wenn ich sie allein sehe, werde ich ihr sagen, dass es mir Leid tut. Doch ich werde sie wohl nicht mehr allein sehen. Sie wird sich hüten. Ich kann es nicht lassen, misstrauisch zu Mietek hinüberzuschauen. Er hat ein Auge auf sie, da bin ich mir sicher. Und dennoch gelingt es mir nicht, einen heimlichen, innigen Blick zwischen den beiden aufzufangen. Bestimmt haben sie Angst wegen der Soldaten.

Dann ist der Doktor da. Er hat ein Päckchen unter den Arm geklemmt. Er trocknet seine Brille ab, schaut sich verwirrt um und schwankt.

Rejsele bringt ihm schnell einen Stuhl. Er ist kreideweiß und verschwitzt, trotz des kühlen Regenwetters. Niemand fragt ihn, warum er so spät kommt. Erst als er etwas gegessen hat, fragt Lieka, ob er den ganzen Weg von der Straßenbahnhaltestelle zu Fuß hergekommen ist.

»Wie denn sonst«, sagt der Doktor. »Ihr wisst doch, dass mein Cadillac in der Werkstatt ist.«

Alle fangen an zu lachen. Solange der Doktor seine blöden Witze macht, ist die Welt noch in Ordnung.

»Und mit einem deutschen Auto fahre ich aus Prinzip nicht mehr.«

Vorsichtig bewegt er die Schulter. Er hat eine gemeine Entzündung, die er selbst behandelt. Am liebsten hätte er nichts davon gesagt, aber die Kinder benutzen ihn immer als Kletterstange und das ist nun sogar für ihn zu schmerzhaft.

»Was starrt ihr mich so an? Wollt ihr wissen, ob ich Mädchen nachgelaufen bin?«

»Wir haben uns Sorgen gemacht«, sagt Gabriele.

Sein Gesicht wird plötzlich ernst.

»Ich war bei der Kaserne.«

»Bei den Deutschen?«, fragt Lieka entsetzt.

»Tja, wenn es noch polnische Kasernen gäbe ...«

»Haben Sie sich beklagt?«

Das wäre der Gipfel: Ein alter jüdischer Arzt geht zur Wehrmacht, um sich zu beschweren.

»Beschweren? Bei den Deutschen? Worüber denn?« Er grinst höhnisch in sich hinein. »Habt ihr etwa Grund, euch zu beklagen?«

Je später es wird, umso lauter schallen die Schlager über den Hof. Der Doktor ist doch nicht taub, oder?

»Die Medikamente waren aus«, sagt er. »Wir brauchten Salbe und Jod. Es gab auch kein Verbandsmaterial mehr.«

In einem der Gebäude unseres Lagers sind Waisenkinder untergebracht, die nach der Einnahme Warschaus durch die Deutschen auf der Straße gefunden wurden. Sie wohnten in den Ruinen der bombardierten Häuser. Jetzt werden sie hier gepflegt. Sie sind schlecht dran. Viele haben Geschwüre und entzündete Wunden.

Der Doktor legt das Paket auf den Tisch und zeigt die Medikamente.

»Sind die aus der Kaserne?«, fragt Baruch ungläubig.

Der Doktor zuckt mit einer Schulter.

»Ist doch egal, woher. Die Apotheken in der Stadt sind leer. Auch die polnischen. Dass wir nicht mehr zu polnischen Ärzten gehen dürfen, macht uns nichts aus. Es gibt genug jüdische Ärzte. Aber Medikamente …«

Lieka packt die Kostbarkeiten weg.

»Iss nicht alles selbst auf«, ruft der Doktor.

Gott, wie witzig er ist.

»Als es bei der Kaserne nicht geklappt hat, bin ich sofort weitergegangen zum Kloster. Dort haben sie sich nicht gerade gefreut, mich zu sehen.«

»Bestimmt dachten sie, dass Sie hundert Kinder zu ihnen bringen wollten, um sie ein bisschen fett mästen zu lassen«, sagt Gabriele.

»Mein Wunsch war bescheidener. Jedenfalls können wir es jetzt noch ein bisschen aushalten.«

Drüben verabschieden sich die Soldaten. Gelächter dringt herein.

»Die Kinder werden wach«, sagt Rejsele.

Der Doktor gibt ihr einen Klaps auf die Hand. »Mach

dir keine Sorgen, kleine Frau«, sagt er. Kleine Frau! Aber Rejsele wird rot und lächelt.

»Frische Luft und Bauernbutter«, sagt er. »Die schlafen gut. Und die deutschen Mädchen ... die haben Heimweh. Genau wie die Soldaten. Lass sie doch. Böse Menschen haben keine Lieder.«

Den letzten Satz hat er auf Deutsch gesagt. Ich habe ihn verstanden. Doch ob er auch wahr ist, ist eine andere Frage.

*

Es ist Schabbat und auf dem Bauernhof werden nur die notwendigsten Arbeiten verrichtet. Die Kühe werden gemolken und die Tiere bekommen ihr Futter. Wir haben frei. Das ist auch gut so. Ich kann keine Kuh mehr sehen. Daran ist Rejsele Schuld. Als ich sie endlich mal allein erwischte, arbeitete sie auf der Wiese. Sie hatte die Kühe festgebunden, saß auf einem Holzklotz und melkte.

»Ich muss mit dir reden«, sagte ich.

Sie zog an den Eutern und in dünnen Strahlen spritzte die Milch schaumig in den Eimer, als würde die Kuh pinkeln. Ich schaute schnell in die andere Richtung. Mir war der Appetit auf Milch für immer vergangen.

»Also rede«, sagte sie.

»Du hörst mir nicht zu.«

»Bis jetzt sagst du ja nichts. Und wenn ich nicht aufpasse, tritt sie den Eimer um oder die Milch spritzt daneben.«

»Es tut mir Leid«, sagte ich. »Du weißt schon.«

»Oh, das«, sagte sie. »Bist du gekommen, um es wieder gutzumachen?«

»Ja, wenn es möglich ist.«

»Es tut weh«, sagte Rejsele.

Das wusste ich, trotzdem erschrak ich.

»Was willst du, dass ich tue?«

Sie machte eine Kopfbewegung hin zu einem wackligen Zaun. »Dort liegt ein Hocker.«

»Ich stehe lieber«, sagte ich.

Sie fing an zu kichern. »Glaubst du, dass sie für dich einen Handstand macht?« Sie ließ kurz das Euter los und rieb sich die Finger. »Es tut wirklich weh«, sagte sie. »Ich hoffe, dass ich noch Klavier spielen kann.«

Mir ging ein Licht auf.

»Du denkst doch nicht, dass ich eine Kuh melke?«

»Doch, das habe ich gedacht«, sagte sie. »Aber vielleicht irre ich mich.«

Es war nicht so leicht, wie es aussah. Ich bekam einen Krampf in den Fingern und auch noch woanders, denn der Hocker hatte nur zwei Beine. Die Kuh roch nach Mist, der überall an ihrem Hintern klebte. Ihr schmutziger Schwanz schlug in mein Gesicht. Ich war froh, als wir endlich fertig waren.

Nie wieder, schwor ich mir.

Doch ich hatte die Rechnung ohne Rejsele gemacht.

Sie erzählte Jan, ich könne gut melken und dass es eine Sünde wäre, mich Arbeiten erledigen zu lassen, die alle anderen auch könnten.

So saß ich also jeden Morgen um sechs unter einer Kuh. Um diese Uhrzeit bin ich noch nicht besonders wach und sogar Rejsele schien unter einer gewissen Morgenmuffeligkeit zu leiden. Also redeten wir beide nicht viel und kümmerten uns um Euter und Schwänze und bekamen Muskelschmerzen an den Händen und am Hintern.

Nach einigen Tagen meinte ich, genügend Buße getan zu haben.

Es war am Nachmittag. Schon seit Tagen war das Wetter prachtvoll, und ich hatte Lust, zum Fluss zu gehen und zu schwimmen.

»Hast du mir nun vergeben?«, fragte ich.

»Was vergeben?«

»Keine Ahnung«, sagte ich. »Dann kann ich jetzt also mit meinem Strafdienst aufhören, oder?«

Sie stellte den Milcheimer hin und starrte mich erstaunt an. Erstaunt und auch ein wenig enttäuscht.

»Ich habe gedacht, die Arbeit gefällt dir.«

»Ach, komm.«

Sie wurde rot und zog sich das Taschentuch vom Kopf, das dafür sorgen sollte, dass kein Mist auf ihre Haare und keine Haare in die Milch kamen. Sie wischte sich das Gesicht ab.

»Mir hat es gefallen«, sagte sie.

»Es hält dich niemand zurück.«

»Mit dir, meine ich.«

Sie stand genau vor mir. Die Sonne ging schon unter, und sie kniff die Augen ein wenig zu. Ihre Lippen waren trocken von der Hitze. Auf ihrer braunen Nase saßen kleine Sommersprossen. Mein Herz begann zu klopfen.

»Sagst du das, damit ich weiter arbeite?«

Noch während ich den Satz aussprach, bereute ich ihn schon, aber es war zu spät. Sie ging weg, schief von der schweren Milchkanne. Der Zopf tanzte wütend auf ihrem Rücken auf und ab.

Ich hatte wieder mal alles verdorben.

*

»Boleslaw das Schiefmaul«, sage ich laut.

»Hoffentlich kriegst du die Kartoffelkrankheit«, antwortet Mietek freundlich.

»Boleslaw das Schiefmaul war einer der ersten Könige«, sage ich zu Mietek.

Ich habe die Bibliothek auf der Suche nach schönen Büchern durchstöbert. Schließlich habe ich mich an ein paar alte Schulbücher gemacht. Wenn niemand mir Unterricht gibt, muss ich es eben selbst tun. Das Erdkundebuch habe ich schon durch. Jetzt noch Geschichte und Biologie. Den *Grundriss der polnischen Grammatik* hebe ich mir bis zuletzt auf.

Rejsele und Jossel flüstern mit wichtigen Gesichtern.

Sie schreiben Texte für die Revue. Am letzten Ferienabend werden wir am Lagerfeuer sitzen und in den Genuss von Liedern und Sketchen kommen. Das gibt jedes Jahr großes Gelächter, sagt Rejsele. Die Erzieher werden auf die Schippe genommen, Korczak bekommt sein Fett ab und wir werden auch nicht geschont.

Ich kann es kaum erwarten. Dass die Ferien vorbei sind, meine ich.

Halina und Marysia passen draußen auf die Kleinen auf. Auf der Veranda schälen die Küchendienstler eine Schüssel Kartoffeln.

Die sorglose Stimmung im Lager ist verschwunden. Jeden Abend kommt der Doktor bedrückt aus der Stadt zurück. Er redet nie mit uns über die Probleme, aber seine Stimmung kann er nicht vor uns verbergen. Was verschweigt er uns? Was passiert in Warschau, während wir hier auf dem Land Pioniere spielen? Ich klammere mich an die Geschichte.

»Boleslaw das Schiefmaul starb 1138«, sage ich.

»Mehltau ist eine Schimmelkrankheit, die aus Amerika importiert wurde«, antwortet Mietek.

»Den Amerikanern kann man also auch nicht trauen«, sage ich. »Was für ein Buch hast du da erwischt, verdammt noch mal?«

Bei meinem Fluch hebt Jossel missbilligend den Kopf.

»Es geht um Land- und Gartenbau«, sagt Mietek. »Von Jan geliehen.«

Mietek ist von den Zionisten angesteckt. Er will später

nach Erez-Israel und Bauer werden. Meinem Erdkundebuch zufolge ist dort alles Wüste. Er sollte schon mal anfangen, Bohnen im Sandkasten zu züchten.

Baruch hat dem Doktor seine Zeitung abgeluchst. *Die jüdische Gazette.* Eine jüdische Zeitung, die mit Erlaubnis der Deutschen erscheinen darf. Die Nazis benutzen sie auch, um ihre zahllosen Anordnungen und Gesetze zu verkünden. Das Leben wird uns unmöglich gemacht, aber wir haben eine eigene Zeitung. Sogar in Polnisch.

»Wer weiß, wo Madagaskar liegt?«, fragt Daniel.

»Das ist eine Insel bei Afrika«, sage ich. »Willst du da hin?«

»Es geht nicht darum, ob ich will oder nicht. Sie sagen, dass Hitler alle Juden dort hinschicken will. Dann können sich die Neger und die Juden gegenseitig umbringen.«

»Ich mag Jazzmusik«, sagt Mietek.

»Afrikanische Neger spielen keinen Jazz«, sage ich.

»Aber sie trommeln.« Er klopft mit den Fingern auf den Tisch.

»Hör auf mit dem Krach«, sagt Rejsele.

»Das ist kein Krach, das ist Musik. Deine langweiligen Lieder könnten gut ein bisschen Rhythmus gebrauchen.«

Rejsele wirft ihr Heft auf den Tisch und presst die Lippen zusammen, als habe sie wieder Stecknadeln dazwischen.

»In Warschau wird ein Ghetto eingerichtet«, sagt Pavel.

Ein schweigsamer Kerl, dieser Junge, aber wenn er den Mund aufmacht, trifft er ins Schwarze.

»Quatsch«, sagt Rejsele. »Jag uns gefälligst keinen Schreck ein.«

»Es ist wahr«, sagt Baruch.

»Bei der Volkszählung waren es dreihunderttausend Juden«, sagt Rejsele. »So viele Menschen kann man gar nicht einsperren.«

»Warum glaubst du wohl, dass sie uns gezählt haben?«, sagt Baruch.

»Und wo soll das Ghetto entstehen?«

»Im alten Judenviertel«, sagt Jossel.

Rejsele schaut den Abtrünnigen vernichtend an.

»Aber da steht unser Haus nicht«, sagt sie. »Wo willst du denn im Judenviertel hundertfünfzig Kinder unterbringen?«

»Ich will gar nichts«, sagt Jossel.

»Das erinnert mich an Lomitski«, sagt Mietek.

Ich stehe auf und lege mein Buch weg.

»Der Quacksalber kommt zum alten Rothschild, der auf dem Sterbebett liegt. ›Jetzt kannst du nichts mehr für mich tun‹, sagt der Millionär. ›O doch‹, sagt Lomitski, ›kennst du das Judenviertel?‹ – ›Ja‹, sagt Rothschild. ›Was ist damit?‹ – ›Steh auf und geh mit mir dorthin‹. – ›Mann, ich liege im Sterben‹, sagt der Millionär. ›Eben darum‹, sagt Lomitski. ›In diesem Viertel ist noch nie ein reicher Mann gestorben.‹«

Ich gehe hinaus. Ungefähr zehn Kinder spielen ein Kreisspiel. Krystyna steht in der Mitte, mit einem seltsam starren Gesicht. Das Leben auf dem Land tut ihr nicht gut. Sie ist noch dicker geworden. Sie versucht, aus dem Kreis auszubrechen, aber es gelingt ihr nicht. Ich trete näher. Die Kinder stoßen knurrende Geräusche aus und ziehen runzelnd ihre Nase hoch. Dann springen sie, sich an den Händen haltend, fröhlich im Kreis und singen: »Krystyna ist ein Schwein, Krystyna ist ein Schwein.«

Ich schreie sie an, aber niemand macht sich was daraus. Das fröhliche Kreisspiel geht weiter. Ich reiße den Kreis auseinander, doch er schließt sich sofort wieder.

»Ihr feiges Gesocks«, rufe ich. »Hört auf damit!«

»Du hast uns nichts zu sagen«, ruft ein Junge.

Ich haue ihm eine runter.

»Zum Gericht, zum Gericht«, jubeln sie.

Krystyna möchte entfliehen, aber sie schließen den Kreis wieder und zwingen sie in die Mitte zurück.

»Judenbrut!«, schreie ich. Das hilft. Verblüfft schauen sie mich an. Dann beginnt einer zu kichern und plötzlich rollen sie über den Boden vor Lachen.

Endlich haben Halina und Marysia kapiert, dass etwas los ist. Sie unterbrechen widerwillig ihr Geplauder und kommen angetrödelt.

Die Kinder rennen nach allen Seiten davon.

»Nennt ihr das Aufsicht?«, frage ich. »Warum beschimpfen sie Krystyna als Schwein?«

»Weil sie fett ist«, sagt Halina.

»Das ist sie ja auch wirklich«, seufzt Marysia.

»Und darum lasst ihr zu, dass sie sie ärgern?«

»Kinder ärgern sich nun mal gegenseitig«, sagt Halina.

»Wenn wir sie beschützen, wird es noch schlimmer«, sagt Marysia. »So hat ja alles angefangen. Der Doktor zieht sie vor. Sie sitzt bei ihm auf dem Schoß.«

»Die Geschmäcker sind verschieden«, sage ich.

Nun erklärt mir Halina, dass schon Krystynas Mutter bei uns im Waisenhaus war. Krystyna ist also ein »Enkelkind« des Doktors. Wenn das Leben schwierig wird, klammert man sich an die Familie, sogar der Doktor.

»Deshalb ist sie auch so dick«, sagt Halina. »Er füttert sie mit Süßigkeiten. Einmal hat man sie auf Diät gesetzt. Da hat der Doktor vielleicht getobt, sag ich dir.«

Wir gehen zu Tisch. Die Herzchen haben aufgehört zu knurren. Wenn wir wieder in Warschau sind, wird Krystyna von allein wieder dünner.

*

Mein Gesicht glüht. Ich rücke ein Stück vom Feuer weg. Ich habe eine gemeine Blase am Handballen. Und einen Splitter im Daumen. Aber es ist jetzt zu dunkel, um ihn herauszufummeln.

Der Doktor sitzt mitten im Kreis der kleinen Kinder und erzählt vom gestiefelten Kater. Das ist sein Lieblingsmärchen, doch heute schmückt er es nicht besonders aus. Sonst beschreibt er ausführlich die glänzenden Stiefel des Katers und die Schönheit der Landschaft. Aber diesmal ist er nicht bei der Sache. Auch die Kinder sind abgelenkt und schauen zu den älteren Jungen und Mädchen, die mit den Pionieren des Bauernhofs zusammensitzen, sich unterhalten und leise zum Klang einer Mandoline summen.

Die Revue war nur kurz. Hat die bedrückte Stimmung des Doktors auf die anderen abgefärbt? Oder sind wir einfach zu müde?

Heute hatten wir einen Feldarbeitstag. Alle mussten mithelfen. Die Arbeit wurde unter den verschiedenen Gruppen aufgeteilt: Raupen sammeln, damit die nicht den Blumenkohl auffressen, Radieschen pflücken und solche Sachen.

Esther hat Jan geholfen, die Gurken in den Gewächshäusern zu befruchten. Sie musste zwar kichern, hat aber vorsichtig mit ihren feinen Fingerchen den Blütenstaub über den Blüten verteilt. Der letzte Salat ist geerntet, die ersten frühen Äpfel gepflückt, die Schwarzwurzeln ausgegraben und die Netze von den Beerensträuchern gezogen. Die Kaninchen haben frisches Stroh, und die Ställe sind so sauber wie vor dem Pessachfest.

»Und du? Was willst du tun?«, fragte mich Jan. Ich hatte keine Lust, mich zu der Meute zu gesellen und Unkraut zu jäten. Rejsele ging in die Küche, um bei der Vorbereitung des Picknicks für das Lagerfeuer zu helfen.

Suppe aus Rüben kochen, die heute Morgen ausgegraben wurden, Eier kochen, Hackfleischbällchen drehen zum Grillen. Sie hatte mir erklärt, wie schwierig es ist, ein koscheres Picknick zu planen. Wenn man Fleisch in der Suppe haben will, darf kein Sauerrahm mit hinein. Es gibt sowieso nur wenig Fleisch. Aber mit viel Brot und Gartenkräutern dabei sieht es trotzdem nach was aus.

Ich schlug vor, die Kartoffeln im Feuer zu braten, doch Rejsele meinte, hundert Kartoffeln würden einfach nicht in die Asche passen.

»Ihr sagt immer, die Jungen müssten auch in der Küche helfen. Aber wenn wir es tun, kommandiert ihr nur rum.«

Dagegen konnte sie wenig vorbringen. Schließlich halfen ihr Marysia und Halina.

Da stand ich nun. Gras mähen schien mir angenehm, aber Mietek hatte sich schon die einzige Sense geschnappt und begann zu mähen.

Ich fand trotzdem noch eine Arbeit, die mir gefiel. Vogelscheuchen machen. In der Scheune lag ungehobeltes Holz für den Rumpf, und aus Zweigen baute ich gefährlich aussehende Gliedmaßen. Ich hängte Blechstücke dran, für den Lärm. Im Obstgarten schaufelte ich Gruben, in die ich sie hineinsetzte. Nach der fünften Vogelscheuche bluteten meine Hände, aber Jan war zufrieden.

Während ich am Sägen und Hämmern war, musste ich

an Zalewski denken. Ich bin nicht mehr böse auf ihn. Ich hoffe auch nicht mehr, dass wir das Internat verlassen müssen, so dass er alle Reparaturen und Malerarbeiten dieses Sommers umsonst gemacht hat. Ich vermisse den geräumigen hellen Speisesaal und das bequeme Badezimmer. Ich vermisse meinen vertrauten Platz im Schlafsaal und die große Bibliothek, in der mehr zu finden ist als der *Grundriss der polnischen Grammatik*, der jetzt auf meinem Programm steht. Und am meisten vermisse ich die Werkstatt, wo ich stundenlang mit Piotr gehobelt und geschliffen habe. Eine langweilige Arbeit, bei der man sich wie Männer unterhalten kann.

Das Märchen ist zu Ende. Die Studenten haben die Arme umeinander gelegt und tanzen nun Volkstänze aus Erez-Israel zu der Musik der Mandoline und von Jossels Geige. Die Kinder singen mit. Es klingt falsch. Rejsele tanzt, erhitzt und verschwitzt.

Wie sie das mit dem Tanzen dort in der knallheißen Wüste hinkriegen, weiß ich nicht. Vielleicht tun sie es nur nachts, wenn es kalt ist. Sogar Mietek, in seiner neuen Begeisterung für das Alte Land, hopst ungeschickt herum. Ohne mich.

Sie beachten mich auch gar nicht. Sogar Rejsele, die mich normalerweise ab und zu anschaut und mir zulächelt, hat mich ganz vergessen. Ihr Zopf springt auf und ab, und ich höre ihre Stimme aus allen anderen heraus.

Sie sind unermüdlich. Ich verstehe nichts von ihrem

hebräischen Gebrüll. Zufällig schaue ich zum Doktor hinüber. Er tut nicht mit. Er hat die Augen geschlossen und die Hände gefaltet. Betet er etwa? Seine Wangen glänzen. Ich bekomme eine Gänsehaut. Der Doktor weint.

Warschau, Herbst 1940

Zalewski erwartet uns, zusammen mit Frau Stefa, Juditha, Josef und den anderen Erziehern, die aus ihren Ferien zurückgekommen sind. Sie stoßen bewundernde Schreie über unsere braunen Gesichter und muskulösen Arme aus, aber so richtig von Herzen kommt es nicht.

Jan hat einen Karren voller Äpfel gebracht, so dass wir zum Neujahrsfest* Äpfel mit Honig essen können, wie es sich gehört. Doch auch das macht die Erwachsenen nicht fröhlicher.

Als wir unsere Betten hergerichtet und die frisch gestrichenen Wände bewundert haben, erzählen sie uns beim Abendessen die Neuigkeit. Den ganzen Sommer waren die Deutschen damit beschäftigt, einen Stacheldrahtzaun um das Judenviertel zu ziehen. Da und dort mussten von jüdischen Arbeitsgruppen Mauern gebaut werden. Die Krochmalnastraße ist geteilt worden und unser Heim liegt außerhalb des Ghettos.

Der Doktor hat versucht, die Deutschen zu überreden, dass wir bleiben dürfen, wo wir sind. Er hat es nicht geschafft.

Wir müssen umziehen. Aber wohin? In dem Viertel, in dem sie hunderttausende Juden einsperren wollen, wohnen jetzt schon zweihundertvierzigtausend. Und achtzigtausend Polen. Die müssen ihre Häuser verlassen. Die Juden aus dem »arischen Teil« Warschaus tauschen ihre Häuser mit Polen aus dem Ghetto. Der Doktor ist nun Tag und Nacht unterwegs, um Räume für uns zu finden.

Im Internat geht das Leben vorläufig seinen gewohnten Gang. Fast in allen Räumen des Hauses findet nun wieder Schulunterricht statt.

In der Küche werden die Zwiebeln und der Knoblauch, die wir geerntet haben, zu Strängen geflochten. Die Pilze, die wir im Wald gepflückt haben, werden zum Trocknen auf Fäden aufgezogen. Der Kohl wird geschnitten, gesalzen und in Fässer gelegt.

Baruch besohlt unsere Schuhe, die während des Sommerlagers verschlissen wurden, und Sabina repariert Kleider mit Stoffstreifen von kaputten Blusen und Hosen.

Zalewski macht seine Arbeit einfach weiter. Möbel reparieren, Kohlen schaufeln, die Hühner versorgen. Wenn er Zeit übrig hat, macht er Puppenbetten und hölzerne Pferdchen aus den Holzresten, die er in einer Ecke der Werkstatt aufhebt.

»Wir sollten lieber Betten und Schränke zimmern«, habe ich zu ihm gesagt. »Es kommen immer mehr Kinder dazu, und wenn wir ins Ghetto umziehen, haben wir bestimmt nicht genug.«

»Wir dürfen froh sein, wenn wir einen Wagen mit Bettwäsche und Geschirr mitnehmen können, Junge. Wir bekommen erst einen Tag vorher Bescheid und dürfen jeder einen Koffer mitnehmen. Den Rest kassieren die Deutschen. Sie glauben, dass jeder arme Jude einen geheimen Schatz hat.«

»Viele Juden haben Schmuck«, sagte ich.

»Das kommt wohl daher, dass sie es gewöhnt sind umzuziehen. Mit einer Kommode auf dem Rücken ist es schwer zu fliehen. Also haben sie sich Schmuck angeschafft. Die Deutschen nehmen ihnen die Sachen am Eingang zum Ghetto ab. Aber von Spielsachen werden sie wohl ihre Finger lassen.«

So sicher bin ich mir da nicht.

Ich schleiche aus der Haustür und laufe die Straße hinunter bis zum Ghetto. Die Absperrung läuft mitten durch die Krochmalnastraße. Die Besitzer von Stacheldrahtfabriken werden jetzt wohl reich werden.

Kilometer und Kilometer von diesem Zeug braucht man für ein einziges Ghetto in einer einzigen Stadt in einem einzigen Land. Wie viele Kilometer für alle Ghettos im besetzten Europa? Neue Textaufgaben für deutsche Schüler.

Ich folge den Menschenmengen und komme von allein zum Tor in der Grzybowskastraße. Dort stehen SS-Männer und Polizisten und kontrollieren, aber in dem Gedränge und dem Chaos falle ich nicht auf. Als ich durch das Tor bin, bleibe ich einen Moment stehen und schaue mich um. Ein SS-Mann stößt einen Karren um, mit dem eine Familie durch das Tor gekommen ist. Zu viel Zeug, schreit er. Er wirft dem Mann und der

Frau zwei Koffer zu. Sie fallen auf die Straße und platzen auf. Hastig stopfen die beiden ihre Sachen wieder zurück.

»Meine Puppe!«, schreit ein kleines Mädchen.

Ein Polizist jagt sie weg.

Die Straßen sind so voller Menschen, dass sie die Häuser fast umdrücken. Ich laufe durch die Zelaznastraße Richtung Norden. Die Polen, die aus ihren Häusern müssen, drängen mit Handwagen und Schubkarren gegen den Strom.

In der Karmelickastraße können sie noch nicht mal zur Tür raus. Die neuen Bewohner versperren mit ihrem Gepäck den Eingang.

Ich biege in die Chlodnastraße ein. Hier, Nummer 33, ist die Polnische Handelsschule, die vielleicht mit uns tauschen will. Es ist ein dunkles, schäbiges Gebäude, viel kleiner als unser modernes Internat. Wie sollen hier jemals hundertfünfzig Kinder hineingestopft werden? Ich gehe weiter.

Überall sehe ich weinende Kinder und schreiende Erwachsene. Ein Mann schlägt sein mageres Pferd. Es kann in diesem Gedränge keinen Fuß vor den anderen setzen.

Ich zwänge mich zwischen den Leuten hindurch, bis ich an der Milastraße bin, in der Höhe des Friedhofs. Dies ist ungefähr der nördlichste Punkt des Ghettos. Durch die Smoczastraße laufe ich zurück nach Süden und dränge mich durch das Tor neben der Römischen Kirche wieder hinaus. Ich habe genug gesehen. Wenn sie die Tore zumachen, sitzen die Juden im Ghetto wie die Ratten in der Falle.

Und ich auch. Dabei ist es im Internat doch schon bedrückend genug. Sie werden uns zusammenstopfen wie früher die Sklaven im Laderaum der Schiffe. Ich erinnere mich an die Felder in Goclawek. Ich hätte herumstreunen können, durch Wälder laufen, im Fluss schwimmen. Stattdessen bin ich auf dem Bauernhof geblieben und habe wie ein Bauernjunge Kühe gemolken. Und warum? Um bei Rejsele zu sein. Weil sie so lieb ist. Aber Rejsele ist zu jedem lieb. Langsam gehe ich zurück nach Hause.

In der Werkstatt nehme ich das fast fertige Schränkchen für Rejsele auseinander und lege die Stücke zum Abfallholz. Es wäre überflüssiges Gepäck.

Ich packe Sachen zusammen, die wir auf dem Wagen unbedingt mitnehmen müssen. Werkzeug, Spielsachen. Bretter für das neue Haus. Ich höre ein Stolpern auf der Kellertreppe. Zalewski ist es nicht, der läuft viel schneller. Es klingt, als käme eine alte Frau mit Spazierstock die Treppe herunter.

Es ist aber doch Zalewski.

Sein Bein ist steif, seine Hände bluten und sein Gesicht ist blau und verschwollen.

Er setzt sich hinter den Schraubstock und lacht mich mit einem seltsam verzogenen Gesicht an.

Boleslaw das Schiefmaul.

Vor Schreck fange ich an zu lachen.

»Sie haben sich ein bisschen mit mir unterhalten«, sagt er und versucht, mit seinem halb zugeschwollenen Auge zu zwinkern.

»Wo bist du gewesen?«

»Ich musste mich beim Hauptquartier melden. Ich habe gesagt, dass ich zwanzig Jahre hier gearbeitet habe und zum Mobiliar gehöre. Dass ich mit allen ins Ghetto umziehen will. Sie haben gesagt, es ist verboten, für Juden zu arbeiten. Sie haben mich zusammengeschlagen wie einen alten, abgedankten Stuhl.«

»Frau Stefa muss dich verbinden.«

»Die hat viel zu viel zu tun. Glaubst du etwa, das wäre mein erstes blaues Auge? Und ich habe auch viel zu tun.«

Ich mache eine Handbewegung.

»Alles ist eingepackt, Chef.«

Er steckt sich eine Zigarette an. Eine Träne läuft über seine Wange.

»Jetzt bleibt wenigstens jemand hier und passt auf das Haus auf«, sagt er. »Bis ihr wieder da seid.«

»Du glaubst doch nicht, dass die Kinder je wieder hierher zurückkommen?«

»Das darfst du nicht sagen. Und warum sagst du ›die Kinder‹? Du bist doch auch dabei.«

»Ich bin nicht dabei«, sage ich. »Ich gehe nicht.«

»Du musst.«

»Mein Onkel hatte eine Menge polnische Freunde. Die helfen mir bestimmt.«

»Das können sie nicht. Wenn du einen Juden versteckst und sie erwischen dich, wirst du selbst auch umgebracht.«

Er denkt nach.

»Du bist kein Angsthase. Vielleicht habe ich eine Adresse für dich.«

Ich stürze mich auf ihn und schlage die Arme um ihn. Ganz schaffe ich es nicht, er ist so breit.

Er zuckt zusammen und schiebt mich weg.

»Sei mir nicht böse«, sage ich. »Ich weiß nicht, was mit mir los ist. »

»Du musst dich nicht entschuldigen. Ich habe nur meine blauen Flecken gespürt, das ist alles. Und danke mir nicht, bevor du weißt, wohin ich dich schicke.«

»Wohin denn? Zur Hexe von Hänsel und Gretel?«

»Zu den Leuten vom Untergrund. Sie brauchen Kuriere.«

Ich setze mich auf die Tischkante.

»Bist du beim Untergrund?«

»Das würde die Kinder in Gefahr bringen. Aber ich habe Kontakte.«

Er tastet vorsichtig über sein Bein. Sein Gesicht verzerrt sich.

Der Mut sinkt mir in die Schuhe.

»Glaubst du, dass ich dafür geeignet bin?«

Er schaut mich an.

»Du musst dem Doktor Bescheid sagen, wenn du gehst.«

»Und wenn er nicht einverstanden ist?«

»Hast du dir je etwas daraus gemacht?«

*

Der Doktor hat keine große Wahl.

»Ich habe mich im Ghetto umgeschaut«, sage ich. »Da kommt niemand lebend raus.«

»Worum wollen wir wetten?«, fragt er. Wetten ist eines seiner Lieblingsspiele.

»Ich bin kein kleines Kind mehr. Ich spiele nicht.«

»Ich bin auch kein kleines Kind«, sagt er. »Aber ich spiele gern.«

»Mit dem Leben von anderen?«

Er schweigt und schaut mich an. Ich beginne mich zu schämen.

»Du hast Recht«, sagt er. »Es ist besser, dass du nicht mitkommst. Wenn du solche Schauergeschichten erzählst, bringst du alle durcheinander. Aber es gibt keine andere Möglichkeit: Wir können nicht hundertfünfzig Kinder untertauchen lassen. Und wer weiß schon, was passiert? Wenn vielleicht die Russen in den Krieg eingreifen, sind die Deuschen bald wieder weg.«

»Ja, und wenn man an Chanukka ein Ei legt, hat man zu Pessach ein Omelett.«

»Nein«, sagt der Doktor, »dann hat man an Pessach ein verfaultes Ei. Weißt du schon, wohin du gehst?«

Ich nicke.

»Ich möchte, dass du jetzt gehst, jetzt gleich, und zu niemandem etwas sagst.«

»Rejsele wird mich suchen.«

»Überleg dir eine Ausrede«, sagt er. Dann murmelt er noch etwas.

»Was haben Sie gesagt?«

Er steht auf, mit diesem schelmischen Blick in den Augen, der nichts Gutes verheißt, und deklamiert:

»O Gott, die Hähne krähen,
das Morgenrot erglüht im Fenster.
Wohin verschwindest du, mein Jaschinko?
Bleib bei deiner unglückseligen Braut.«

»Ach, wie nett«, sage ich. »Ist das von Ihnen?«

»Nein, nein, Mickiewicz. Adam Mickiewicz. Du solltest jetzt in der Schule sitzen und polnische Dichter lesen.«

Er seufzt.

»Alles Gute, Mojsche.«

Ich weiß nicht, was ich ihm wünschen soll.

*

Rejsele sitzt am Klavier und macht lustlos ein paar Fingerübungen.

»Das Klavier kann nicht mit«, sagt sie. »Jossel mit seiner Geige hat da mehr Glück.«

»Bestimmt gibt es dort irgendwo ein Klavier«, sage ich. »Die Polen, die aus dem Ghetto weggehen, können doch auch nicht alles mitnehmen.«

Sie klappt den Deckel zu.

»Du musst Jossel warnen«, sage ich. »Er muss seine Geige in einen Koffer stecken und seine Unterwäsche in den Geigenkasten.«

»Warum? Und wieso sagst du es ihm nicht selbst?«

»Ich habe mich an den Toren ein bisschen umgeschaut. Die Posten kontrollieren die Papiere und sonst ist nichts los. Aber manchmal läuft da so ein Scheißkerl herum und nimmt sich etwas. Wenn es teuer aussieht. Oder einfach nur, um jemanden zu ärgern.«

»Sie nehmen einem Jungen doch nicht seine Geige ab, oder?«

Sie nehmen den Leuten noch viel mehr ab, aber ich habe dem Doktor versprochen zu schweigen.

»Rejsele«, sage ich, »ich gehe fort. Das Ghetto ist nichts für mich. Ich will versuchen, einen Beruf zu lernen. Zalewski wird mir helfen. Und dann mache ich etwas Schönes für dich. Ein Schmuckkästchen mit einem Schloss. Oder einen von diesen Drehstühlen für das Klavier, die dir so gut gefallen.«

Sie hält mich an der Hand fest. Ihre ist kalt.

»Warum kommst du nicht mit mir mit, Rejsele?«

»Ich gehöre hierher, das weißt du doch.«

»Rejsele, es ist viel schlimmer, als du denkst. Es kann sehr schlecht ausgehen.«

»Das weiß ich.«

Es gibt nichts mehr zu sagen. Ich habe einen Kloß in der Kehle und meine Augen brennen. Ich balle die Fäuste und versetze dem Klavier einen Tritt.

»Lass das«, sagt sie.

Ich nehme ihren Zopf und ziehe daran. Ganz zart.

Dann drehe ich mich um und laufe weg.

Krakau, Herbst 1940

Das Wasser der Wisla strömt schnell. Kleine gelbe Blätter treiben mit. Ich werfe noch ein Stöckchen in den Fluss, um zu sehen, wie schnell es unter der Brücke hindurchfließt. Ich beginne zu zählen, während ich auf die andere Seite laufe. Hundertfünfundsechzig. Marek hat gewonnen. Bei dem ersten Stöckchen musste man bis hundertsiebzig zählen, bis es auf der anderen Seite der Brücke zum Vorschein kam.

»Herzlichen Glückwunsch, Marek«, sage ich zu mir.

Marek antwortet nicht. Er darf nicht mit mir reden, Tadeusz hat es verboten.

»Ab jetzt bist du Marek Jankowsky«, sagte er und gab mir die Papiere. »Mojsche Schuster existiert nicht mehr. Warte hier, bis ich dich rufe.«

Ich betrachtete die Papiere und steckte sie weg, und als Tadeusz rief: »Mojsche!«, lief ich auf ihn zu.

Er schlug mir ins Gesicht.

»Noch einmal, und du gehst zurück ins Internat«, sagte er. »Hier können wir nur zuverlässige Leute brauchen.«

Mein Gesicht wurde heiß. Von dem Schlag und vor Scham. Er klopfte mir auf die Schulter. »Es ist besser, ich schlage dich, als dass sie es tun«, sagte er. »Noch hast du Zeit zum Üben.«

Inzwischen bin ich Marek geworden, aber tief im Innern weiß ich meinen eigenen Namen noch.

Das darf nicht sein. Der Name darf mir überhaupt nichts mehr bedeuten.

Ein Jeep fährt über die Brücke. Bestimmt auf dem Weg zur Wawelburg, wo der deutsche Gouverneur wohnt.

Ich schlendere weiter, die Hände in den Taschen meines Mantels. Es ist meine alte Schuluniform. Sie passt wieder, weil ich dünner geworden bin. Sabina hat den Saum aus den Ärmeln und den Hosenbeinen rausgelassen und die ganze Uniform aufgebügelt. Am meisten freue ich mich über die Mütze.

Sie ist so gut wie neu, mit einem glänzenden Schirm und einer Schnalle hinten. Sie hat im Magazin gewartet, sagte Sabina, auf jemanden mit einem so dicken Kopf wie meiner. Falls mein Kopf auch magerer wird, kann ich die Schnalle fester ziehen. Aber ein Kopf besteht fast nur aus Knochen, der wird bestimmt nicht magerer.

Tadeusz war froh, dass ich kräftig aussehe.

»Wir nehmen eigentlich lieber keine Juden«, sagte er. »Man sieht es ihnen meist sofort an. Aber du hast freche Augen, keine ängstlichen, und du bist gut gefüttert und gekleidet. Es kann gehen. Wenn du ein Mädchen wärst, gäbe es überhaupt kein Problem.«

Ja, ich weiß. Während ich so unauffällig wie möglich weiter gehe, ein polnischer Junge auf dem Weg nach Hause, verfluche ich meinen Großvater, der darauf bestanden hatte, dass ich beschnitten wurde. Dadurch finden sie sofort heraus, ob man Jude ist.

Tadeusz zögerte trotzdem nicht lange. So viele Kuriere hat er nicht. »Wenn sie dich schnappen«, sagte er, »ist es sowieso meist vorbei, ob du nun beschnitten bist oder nicht. Also los.«

Dies ist mein erster großer Auftrag.

Der Fahrer hat mich auf dem Zgodyplatz abgesetzt, in Podgorze. Das ist ein Viertel am Rande von Krakau. In sechs Stunden holt er mich dort wieder ab.

Ich bin zu der angegebenen Adresse gegangen und habe geklingelt. Ein alter Mann machte auf. Er sagte seinen Namen nicht. Niemand sagt seinen Namen. Drinnen habe ich meine Sohle abgeschraubt und ihm die Papiere gegeben. Dann stand ich wieder auf der Straße. Im Podgorze wird gerade das Ghetto von Krakau eingerichtet, aber es ist noch nicht so weit. Die meisten Juden wohnen noch in ihrem eigenen Viertel, in Kazimierz. Das ist auf der anderen Seite vom Fluss. Ich habe mir den Stadtplan von Krakau angesehen, als ich noch in Warschau war.

Zalewskis Freunde konnten mich nicht brauchen. Sie hatten eine Kontaktadresse in Praga. Dort war es zu gefährlich für mich, weil ich früher da gewohnt habe. Es hätte mich jemand erkennen können. Nicht alle Warschauer verraten Juden, aber einer würde genügen.

Deshalb haben sie mich zu der Gruppe von Tadeusz gebracht.

In einem Hauseingang in der Starowislnastraße hefte ich meinen Stern an. Du hast nur Papiere für Marek, hat Tadeusz gesagt, also lass dich nicht mit deinem Stern erwischen. Das ist leichter gesagt als getan. Hier in Kazimierz brauche ich ihn. Ich habe etwas vor in den Stunden, die ich noch in Krakau verbringen muss. Ich hatte genug Zeit, darüber nachzudenken, während der ganzen langen Fahrt hinten auf dem Lastwagen. Nachts saß ich neben dem Fahrer, aber tagsüber lag ich unter den staubigen Teppichen hinten.

Mordechaj Gebirtig, der die Lieder schreibt, nach denen Rejsele so verrückt ist, wohnt in Krakau.

Ich werde ihn suchen und fragen, ob er den Text des Liedes *Rejsele* für mich hat. Es ist ein lächerlicher Plan. Krakau ist groß. Ich weiß den Weg nicht. Aber ich stelle mir vor, was für ein Gesicht Rejsele machen wird. Ich würde was dafür geben, wenn ich den Text hätte, sagte sie. Was würde sie mir dafür geben? Einen Kuss vielleicht? Aber sie hat mich bestimmt schon längst vergessen.

Mietek wird froh sein, dass ich weg bin. Jetzt kann der den ganzen Tag in ihrer Nähe herumhängen, mit ihr über Erez-Israel reden und Pionierlieder mit ihr singen. Er passt viel besser zu ihr als ich.

Kazimierz sieht genauso aus wie das Judenviertel von Warschau. Armselige Straßen und Menschen in Lumpen. Alle gehen sehr schnell, dicht an den Hauswänden entlang.

Ich wage niemanden anzusprechen. Wenn ich nur einen Markt fände, wo ich jemanden fragen könnte.

Schon wieder eine mit Brettern vernagelte Synagoge. Bin ich im Kreis gegangen? Nein, es ist eine andere. Bestimmt schon die vierte ›schul‹*, an der ich vorbeikomme. Die Straßen haben jüdische Namen. Esther, Jakob, Jizchak, Josef. Der Friedhof quillt über von Grabsteinen. Die hebräischen Aufschriften sind im Laufe der Jahrhunderte unleserlich geworden.

Ich gehe weiter. Hier habe ich nichts zu suchen.

Ich gehe um eine Ecke und lande wieder in der Starowislnastraße, ein paar Blocks weiter.

Was nun? Plötzlich entdecke ich einen Laden, der es sein könnte.

Trödelladen, steht auf der Hauswand.

Mein Herz klopft schneller. Möbel, hat Rejsele gesagt. Gebrauchte Möbel. Die Tür ist zu, das scheibenlose Schaufenster ist mit Brettern zugenagelt. Auf dem Bürgersteig liegen da und dort noch Scherben.

Eine alte Frau bleibt neben mir stehen und schaut mich prüfend an.

»Gebirtig?«, frage ich.

Sie schüttelt den Kopf.

Kein Wunder. In Judenvierteln wimmelt es von Trödelläden. Hier in der Straße gibt es bestimmt zehn.

»Weg«, sagt sie.

Also doch.

Sie geht nicht weiter.

»Wissen Sie, wo ich ihn finden kann?«

Wieder schüttelt sie den Kopf, bleibt aber bei mir stehen.

Ich habe den ganzen Weg für nichts zurückgelegt. Drei Tage habe ich frierend und hungrig hinten im Auto gelegen. Ich hatte Bauchweh, weil ich pinkeln musste und nicht hinaus konnte. Der Gedanke an meine Überraschung für Rejsele hielt mich warm. Selbst wenn das Auto angehalten wurde und jemand hinten auf die Ladefläche schaute. Ich musste mir die Nase zuhalten, um nicht zu niesen, und die Lippen fest zusammenpressen. Vor Angst drehte sich mein leerer Magen um und ein saurer Geschmack lief mir in den Mund. Und ich dachte an Rejsele und an meine Überraschung.

»Brauchst du noch was, jingele*?«

Sogar das verniedlichende »jingele« trifft mich in diesem Moment nicht, so froh bin ich, dass jemand von sich aus mit mir spricht.

»Ich bin Mojsche«, sage ich.

Die Frau nickt nachdenklich. Es ist eigentlich nicht wirklich eine Antwort auf ihre Frage.

»Ich komme wegen der Musik«, sage ich.

Sie lacht. »Aber dann brauchst du seinen Bruder! Sag das doch gleich!«

Seinen Bruder? Wessen Bruder?

»Ja, seinen Bruder«, sage ich.

»Aber der wohnt in Kazimierz! Was willst du dann hier?« Nun betrachtet sie mich misstrauisch.

Ich Trottel habe mich verlaufen und bin in einem anderen Viertel.

»Ich komme aus Warschau«, sage ich.

»Wegen Mordechaj? Aus Warschau? Sie kommen sogar aus Amerika wegen seiner Lieder. Aber dann haben sie seine Adresse bei sich.«

Was soll ich sagen? Ich habe keine Angst, dass sie mich verrät. Ich habe Angst, dass sie mich auslacht.

Darum rede ich von irgendetwas, vom Internat.

Das Kinderhaus? Dann muss ich doch Kornblum kennen. David Kornblum.

Nein, den kenne ich nicht. Wieder wird sie misstrauisch.

David nicht kennen, der sieben Jahre bei Doktor Korczak gewohnt hat und noch Briefe von ihm bekommt? Sie blickt sich unruhig um.

Wir stehen schon zu lange hier herum.

Sie muss in dieselbe Richtung wie ich. Beim Gehen erkläre ich ihr, dass ich erst seit einem Jahr im Heim bin. Da glaubt sie mir wieder. Von Rejsele muss ich nichts sagen. Wir biegen um eine Ecke und bleiben vor einem großen Haus stehen. Bevor sie hastig weitergeht, dicht an den Hauswänden entlang, zeigt sie es mir: Dort, dort oben wohnt Mordechaj, und sage ihm einen schönen Gruß von Lea.

Es gibt keine Klingel. Ich gehe auf die andere Straßenseite und schaue hoch. Das Haus hat drei Stockwerke und die Fassade ist mit Giebelsteinen in Blumenform geschmückt. Bestimmt haben hier mal reiche Leute gewohnt, aber jetzt werden die Zimmer wohl von ganzen Familien bevölkert sein, die alle miteinander eine Küche teilen und Glück haben, wenn sie ein Badezimmer und eine Toilette haben.

Ist dies die Straße aus dem Lied? Stand hier der Liebhaber und pfiff nach Rejsele?

Ich überlege kurz, das Gleiche zu tun.

Hinter den Fenstern ist keine Bewegung zu sehen, es brennt auch kein Licht, obwohl es schon wieder dämmert.

Ich denke mit Schrecken daran, wie spät es wohl ist. Mein Irrweg durch das Viertel und das mühsame Gespräch mit der alten Frau haben mich aufgehalten. Entschlossen überquere ich die Straße und drücke gegen die Tür. Sie ist offen. Ein langer Flur mit Türen an beiden Seiten führt zum Innenhof. Es gibt keinen Hausmeister.

Auf dem Innenhof ist niemand zu sehen. Ich habe nicht mehr viel Zeit. Der Lastwagen ist meine einzige Chance, zurück nach Warschau zu kommen.

Ich höre ein Geräusch und drehe mich erschrocken um. Auf der Kellertreppe steht eine Frau. Sie ist ganz und gar schwarz. Hat sie Kohlen in den Keller gebracht? Aber warum macht sie dann so ein ängstliches Gesicht? Ich bin doch keiner, vor dem man Angst haben muss.

»Guten Tag, meine Dame«, sage ich höflich und tippe an meine Mütze.

Sie zittert noch immer. Bestimmt hat sie das Familienservice im Kohlenkeller versteckt. Und jetzt hat sie Angst, daß ich später zurückkomme, um es zu stehlen.

»Ich suche Herrn Gebirtig«, sage ich.

Sie klopft sich den Kohlenstaub aus den Kleidern und betrachtet mich.

»Ich komme wegen der Musik«, sage ich.

Das hilft. Sie kommt auf mich zu, nimmt meine Hand und zieht mich mit. Wir laufen drei Treppen nach oben in ein enges Dachzimmer, in dem alles durcheinander ist. Ein großer Koffer steht neben einem der Betten und überall liegen Kleidungsstücke, Papiere und Bücher herum. Es gibt auch eine Uhr. Ich habe noch Zeit.

»Du hast Glück, dass ich noch da bin. Sie sind alle schon weg. Vater wollte, dass ich auf dich warte. Du kommst spät.«

Während ich mich noch wundere, holt sie einen großen Stapel dicht beschriebene Blätter aus einer Kommode und gibt sie mir.

»Wie nimmst du sie mit?«, fragt sie.

»Ich komme nur wegen *Rejsele*«, sage ich. »Wegen des Lieds, meine ich.«

Sie reibt sich die Stirn.

»Das verstehe ich nicht.«

»Ich verstehe es auch nicht.«

»Ich dachte, du bist gekommen, um die Lieder und die Noten abzuholen.«

»Nein.«

Sie setzt sich aufs Bett und seufzt tief.

»Wer bist du denn sonst?«

Nun werde ich die ganze dumme Geschichte wieder erzählen müssen. So viel Zeit habe ich gar nicht. Darum berichte ich so kurz wie möglich, dass ich zu Korczak gehöre und was ich will.

Während ich rede, hellt sich ihr Gesicht auf. »Du bist der Engel, den Gott geschickt hat«, sagt sie. »Wir versuchen, die Abschriften von Vaters Musik in Sicherheit zu bringen. Wir haben Adressen in Krakau, aber Warschau ist viel besser. Du bist mit einem Auto gekommen?«

»Wo sollen die Sachen denn hin?«

»Ganz egal. Nur nicht in die Hände der Deutschen. Das Lied von Rejsele, das spielt keine Rolle. Das gibt es auf Schallplatte und es steht in Liederbüchern. Aber das hier sind neue Werke. Irgendwo in Warschau muss es doch ein Archiv geben. Dein Doktor weiß bestimmt, wo.«

Sie schaut mich nachdenklich an und holt einen alten Mantel.

»Du wirst es schon schaffen«, sagt sie. Sie stopft die Papiere in eine Leinentasche und hängt sie mir um den Hals. Mit dem Mantel darüber werde ich ein bisschen dick aussehen, das ist alles. Ich zögere. Ob Tadeusz damit einverstanden sein wird, dass ich meine Arbeit aufs Spiel setze, um einen Stapel Lieder nach Warschau zu schmuggeln?

Ich denke an Rejsele. Sie würde bestimmt finden, dass es sich lohnt. Oder nicht?

»Ist der Text von *Rejsele* dabei?«, frage ich.

Gebirtigs Tochter seufzt.

»Ich sage dir doch, dass man den überall bekommt.«

»Ich möchte Ihnen gerne helfen«, sage ich, »aber ich bin wegen dieses Lieds hergekommen.«

Sie sucht in einem großen Schrank, zieht ein Buch heraus, blättert es durch und reißt dann eine Seite heraus.

Ich betrachte es und stecke es in die Manteltasche. Auf der Straße ist Lärm zu hören. Schreiende Männer, das Stampfen von Stiefeln. Ich laufe zum Fenster.

Ein Autobus steht mitten auf der Straße. Die wenigen Menschen, die draußen sind, werden hineingestoßen. Schnell mache ich einen Schritt rückwärts.

»Sie schnappen sich wahllos Leute und bringen sie fort«, sagt die Frau.

»Ist Ihr Vater in Sicherheit?«

Ich habe die Frage gestellt, ohne nachzudenken. Sie zögert.

Sie muss mir vertrauen. Gleich trage ich für sie ein gefährliches Paket herum.

»Vorläufig haben wir Unterschlupf«, sagt sie.

Als die Razzia vorbei ist, warte ich noch einen Moment, dann gehe ich hinaus. Ich laufe so schnell wie möglich, ohne zu rennen. Als ich das Stadtviertel hinter mir habe, mache ich den Stern ab. Auf der Brücke über die Wisla ist niemand zu sehen, ich renne den ganzen Weg bis zum anderen Ufer.

Als ich auf den Zgodyplatz komme, ist das Lastauto schon weg.

*

Da stehe ich nun. Mein erster wirklicher Auftrag und sofort vermassle ich alles. Zum Glück wird Tadeusz nie dahinter kommen. Die Chance, dass ich Warschau noch erreiche, ist sehr gering.

Die Lieder von Gebirtig. Die müssen zurück zu seiner Tochter. Aber wie? Es ist fast Sperrstunde. Wenn sie mich nach Sonnenuntergang auf der Straße finden, bin ich dran.

Ich gehe zurück zu meiner Kontaktadresse. Der alte Mann freut sich nicht, als er mich sieht.

»Bist du verrückt geworden?«, zischt er.

Er muss mich wohl oder übel reinlassen. Diesmal komme ich nicht weiter als bis zum Flur. Dort lässt er mich stehen. Vielleicht will er jemanden warnen. Oder nur die Milch vom Herd nehmen. Ich schaue zu Boden.

Tadeusz hat mir zwei Arten von Schauen beigebracht. Auf dem Gebiet des Feindes muss man alles sehen, aber so tun, als würde man auf gar nichts achten. Ist man dagegen bei Freunden, darf man so wenig wie möglich auf irgendetwas achten. Dann kann man später nichts ausplaudern.

Es ist leichter, als es scheint. Wenn man auf sicherem Terrain ist, sind die Augen und Ohren so müde vom

Aufpassen, dass sie sich von selbst ausruhen. Ich döse also ein wenig im Flur, bis der Alte zurückkommt.

»Warum warst du zu spät am Auto?«, fragt er böse.

Ich erzähle ihm von der Razzia.

»Ich verstehe nicht, warum sie solche kleinen Jungen schicken«, sagt er. Razzias sind offenbar so selbstverständlich wie die Autos auf der Straße oder Löwen im Urwald. Ein erwachsener Kurier wäre ohne mit der Wimper zu zucken weitergegangen.

»Du bist selbst schuld«, sagt er. »Wohin gehst du jetzt?«

Eine schöne Hilfe ist der. Am liebsten würde ich sagen: Hat man Ihnen nicht beigebracht, dass Sie keine Fragen stellen sollen? Aber ich denke an Tadeusz. Ich darf keinen wertvollen Kontakt verderben, weil mir seine Manieren nicht passen. Ich zucke mit den Schultern.

»Hier kannst du nicht bleiben«, sagt er.

Er hat es geschafft: Ich fühle mich unwillkommen. Da bin ich sehr empfindlich. Vielleicht, weil ich eine Waise bin.

Ich drehe mich um und gehe zur Tür. Da fällt mir Kornblum ein, der ehemalige Schüler von Korczak, den die alte Frau erwähnt hat.

»Kennen Sie Kornblum?«, frage ich. »David Kornblum?«

Ich höre selbst, wie blöd das klingt. In Krakau wohnen bestimmt tausend Leute, die so heißen. Vermutlich hundert in dieser Straße.

»Aus Warschau?«, fragt mein Gastgeber widerwillig. »Woher kennst du diesen Kornblum?«

Ich erzähle ihm von dem Doktor, ohne zu sagen, dass ich Kornblum noch nie gesehen habe. Er fragt mich über das Waisenhaus aus. Dann verschwindet er wieder.

Später bringt er mir ein Stück Brot, zeigt mir die Toilette auf dem Innenhof und gibt mir eine Decke für die Nacht. Er lässt mich auf dem Flur schlafen und verriegelt deutlich hörbar das Zimmer am Ende des Flurs. Vielleicht tut er das jede Nacht. Mich stört es nicht. Ich habe nicht vor, etwas zu stehlen.

David Kornblum holt mich am frühen Morgen ab. Ich werfe nur einen flüchtigen Blick auf ihn, um ihn mir so wenig wie möglich einzuprägen.

Er betrachtet mich fröhlich. Seine Brille glänzt.

»Wie geht es dem Doktor? Und Frau Stefa?«

Der alte Mann schiebt uns hinaus.

»Ich nehme dich mit zu mir«, sagt David. »Von da ist es nicht mehr weit zum Bahnhof. Du nimmst am besten heute Mittag den Zug.«

Ich weiß nicht, was der alte Mann ihm erzählt hat. David macht mir jedenfalls keine Vorwürfe. Er nimmt mich mit zu einem armseligen möblierten Zimmer. Dort holt er Wasser, füllt es in eine Schüssel und dreht mir den Rücken zu, während ich mich wasche.

Ich erzähle ihm von den Liedern, die ich mitnehmen muss.

»Das ist doch Wahnsinn«, sagt David.

»Ich habe es der Frau versprochen. Sie verlässt sich auf mich.«

Das ist nicht der wirkliche Grund. Es ist gefährlich, nach Warschau zu reisen. Wenn ich die Lieder mitnehme, habe ich wenigstens ein Ziel.

»Ja, ich weiß: Jedes Kind hat das Recht auf seinen Tod.«

Er zwinkert mir zu. »Du kannst dir gar nicht vorstellen, wie sehr ich den alten Doktor vermisse.«

Nein, ich kann es mir nicht vorstellen.

»Gib mir die Papiere. Ich verspreche dir, dass ich einen sicheren Platz dafür finde.«

Als ich zögere, zieht er vorsichtig die Leinentasche aus meinen Händen. »Wenn das alles vorbei ist«, sagt er, »bringe ich die Lieder zurück. Du kannst dich auf mich verlassen.«

Ich gebe nach, nur den Text von *Rejsele* behalte ich. Ich hätte es gerne auswendig gelernt, kann aber die hebräischen Buchstaben nicht lesen. David gibt mir ein paar Stiefel. Ich falte das Papier zusammen und stecke es in einen Stiefel.

»Die Schuhe lasse ich hier«, sage ich. »Du musst sie wegwerfen.«

»Von wegen«, antwortet David. »Du meine Stiefel, ich deine Schuhe.«

Ich erzähle ihm von der hohlen Sohle.

Er betrachtet die Schuhe von allen Seiten und stellt sie unters Bett.

»Qualitätsarbeit«, sagt er. »Sohlen mit Versteckraum, ein ausgestorbener Beruf.«

Er wickelt ein Stück Wurst in eine alte Zeitung und begleitet mich den halben Weg zum Bahnhof.

Ich gebe ihm meinen Davidsstern und bedanke mich.

»Nichts zu danken«, sagt er. »Wir sind doch eine Familie.«

Ich schaue ihn erstaunt an.

»Na, die Kinder vom Doktor«, sagt er. »Grüße ihn von mir, wenn du ihn siehst.«

Mojsche bedankt sich noch einmal bei ihm. Dann setzt Marek seine Reise fort.

*

Die Bahnhofshalle wimmelt von Menschen. Ganze Familien lagern mit Koffern und Taschen auf den Holzbänken. Wohin wollen sie alle?

Die eine Hälfte Polens flieht zur anderen Hälfte und umgekehrt. Wie kann man vor etwas fliehen, was überall ist?

Juden dürfen nicht mit dem Zug fahren. Trotzdem sehe ich eine ganze Menge, deutlich erkennbar, auch ohne Stern. Wenn ich sie herausfinde, kann das jeder andere auch.

Als ich meine Karte kaufte, war kein Deutscher zu sehen, doch nun, kurz bevor der Zug abfährt, laufen sie überall herum.

Ich lehne mich an die Wand und esse ein Stück Brot. In der Tasche habe ich noch mehr Brot, ein Stück Wurst und ein paar Äpfel. Man kann nicht ohne Gepäck auf Reise gehen, das ist verdächtig. Der Mann hinter dem Schalter hat mich schon seltsam angeschaut. »Ganz allein?«, fragte er. Ich zuckte gleichgültig mit den Schultern und hielt meine Hände ganz still.

Das hat Tadeusz mir beigebracht. »Du glaubst vielleicht selbst, dass du nicht jüdisch aussiehst«, sagte er. »Aber deine Hände verraten dich. Du nimmst sie beim Reden zu Hilfe. Ich will nicht sagen, dass es erblich ist, aber jedenfalls hast du es übernommen.« Ich hatte noch nie darauf geachtet. Nun fühle ich das verräterische Kribbeln bei jedem Wort, das ich sage. Es reicht nicht, dass ich blond bin. Alle Körperteile stehen bereit, mich zu verraten.

Einer der Deutschen schaut die ganze Zeit in meine Richtung. Es ist ein langer, magerer Kerl mit einer Nase, so scharf wie ein Schnabel, und dunklen, fast schwarzen Augen. Seine Haut ist kreideweiß, so als wäre er krank. Jetzt schaut er schon wieder zu mir her. Bestimmt ist er neidisch auf meine Sommersprossen.

Ich schaue mich um, als würde ich auf jemanden warten. Das muss Schnabelnase beruhigen. Eine alte Frau kommt in die Halle. Sie schleppt zwei schwere Taschen. Sie wird meine Großmutter sein, ob sie will oder nicht. Eine arme, verlassene Waisenoma, die darauf wartet, von mir adoptiert zu werden. Ich tue, als hätte ich sie gerade jetzt entdeckt, und laufe erfreut auf sie zu. Schnabelnase kann ihr Gesicht nicht sehen, als ich sie herzlich begrüße. Das ist auch gut so, denn sie schaut mich giftig an. Wieso sie mich nicht erkennt, frage ich erstaunt. Ich bin doch mit ihrer Enkelin in der Schule gewesen. Dumm, dumm, dumm. Ihre Enkelin war bei Nonnen in der Schule, da gab es keine Jungen.

Nebenan schon, sage ich vage. Ich frage sie, ob ich ihre schwere Tasche tragen soll. Sie umklammert den Griff noch fester. Sie kann mir vertrauen, sage ich, ich habe mein eigenes Essen und Trinken bei mir, ich werde bestimmt nicht mit ihrem Gepäck abhauen. Als wäre sie noch gar nicht auf diese Idee gekommen, läuft sie schnell weiter. Die Adoption ist kein gewaltiger Erfolg, aber immerhin hat man uns zusammen gesehen. Eine Oma und ihr Enkel, sie liefen durch die Halle und nun stehen sie auf dem Bahnsteig. Ich hoffe, dass Schnabelnase die Sache abgehakt hat.

Oma hat es jedenfalls getan. Als der Zug steht und wir hineindürfen, zerrt sie ihre Taschen zum nächsten Wagen. Zur Sicherheit schaue ich mich noch um, als suchte ich sie. Dann dränge ich mich hinein. Wer wirft denn in solchen Zeiten einen frisch gebackenen Enkelsohn weg? Ich hätte die Wolle für sie halten können, wenn sie stricken wollte, Holz hacken für ihren Herd, die Ziege melken und Schnee auf dem Weg zum Häuschen wegräumen. Na gut, wenn sie nicht will!

Ich habe einen Platz am Fenster.

Mir gegenüber sitzt ein Priester. Auch das noch. Muss man ein Kreuz schlagen, wenn man einen Schwarzrock sieht? Ich schaue mich um. Niemand tut es. Ich mache die Augen zu. Wenn ich mich schlafend stelle, kann ich keinen Fehler machen.

Es ist nicht leicht, wach zu bleiben, wenn man die Augen zu hat. Im Abteil ist es warm, und wenn ich nicht aufpasse, wiegen mich die Räder des Zugs in den Schlaf. Ich muss aufmerksam bleiben. Ich wickle ein Stück Wurst aus der Zeitung und esse es auf. Ich schaue aus dem Fenster. Wir fahren durch eine gewellte Landschaft. Die Bäume sind rot und gelb und goldbraun und auf einem Hügel steht eine alte Burgruine. Das ist etwas ganz anderes als die langweiligen Felder von Goclawek, wo man sich zu Tode langweilt und sich nach der Stadt sehnt.

Ich falle dann doch in Schlaf. Als ich hochschrecke, ist es schon dunkel. Der Zug vermindert gerade die Geschwindigkeit, aber das ist es nicht, was mich geweckt hat. Es ist der Schwarzrock. Er redet mit mir.

Ich reibe mir die Augen.

»Du musst hier raus«, sagt er.

Ich bin überrascht. Das ist doch noch nicht Warschau, oder? Er schaut mich durchdringend an. Ich rutsche unbehaglich hin und her. Was will er von mir? Er beugt sich vor und sagt leise: »Leute wie du müssen jetzt aussteigen.«

Leute wie ich? Habe ich im Schlaf mit den Händen geredet?

Auf dem Gang höre ich laute Befehle auf Deutsch. Kontrolle. Der Zug steht still. Eine Bäuerin auf der anderen Seite des Flurs erhebt sich und sucht ihr Gepäck zusammen. Drei Männer in Uniform kommen ins Abteil. Sicherheitspolizei. Großartig, wie sicher ich mich fühle.

Der Schwarzrock zieht mich hoch und geht zur Tür.

»Dieser Junge muss hier aussteigen«, sagt er auf Deutsch. »Würden Sie ihn bitte vorbeilassen?«

Die Uniformierten treten zur Seite. Bestimmt fromme Deutsche. Ich werde aus dem Zug geschoben.

Auf dem kleinen Bahnsteig riecht es nach Mist. Irgendwo in der Ferne läutet eine Kirchenglocke, die übertönt wird von dem anfahrenden Zug.

»Die Heilige Mutter Kirche!«, ruft der Priester. Er lehnt sich aus einem Fenster und winkt mir zu.

Will er mich bekehren? Dann muss er sich aber beeilen, der Zug fährt schon.

Da stehe ich nun. Weit und breit ist kein Mensch zu sehen. Ich weiß nicht einmal, wie dieses Nest hier heißt, denn es gibt nirgendwo ein Schild, das mich klüger machen würde. Die Abendluft ist frisch. Ich bin froh über den Mantel und die Stiefel, aber ich weiß nicht, ob sie mich gegen die nächtliche Kälte schützen werden.

Wäre Rejsele nur bei mir. Welche Freude würde es ihr machen. Sie liebt Nachtwanderungen. Jedes Jahr fand im Sommerlager so etwas statt. Die Kinder werden irgendwo abgesetzt und müssen allein den Weg zurückfinden.

Dieses Jahr ging es natürlich nicht. Mir hat es nicht besonders Leid getan. Nun schon. Vielleicht hätte ich gelernt, einen Kompass zu gebrauchen. Oder am Stand der Sterne erkennen, in welche Richtung ich gehen muss.

Im Norden Nazis. Im Süden, Osten und Westen Nazis. Da nützt einem auch ein Kompass nichts.

Ich schlage die Richtung der Kirchenglocken ein. Da und dort steht ein Haus. In der Ferne sehe ich Bauernhöfe. Und dann komme ich in den Weiler. Ein Platz, zwei Bäume, drei Häuser und die Kirche. Die Messe ist gerade zu Ende. Oder heißt es Abendgebet? Tadeusz hat mir aufgetragen, die römisch-katholischen Gebräuche zu studieren, aber es war einfach keine Zeit dafür.

Grüppchen verlassen die Kirche. Ich nehme meine Mütze ab und gehe hinein. Es ist kalt und zugig. Am Eingang steht ein Tisch mit brennenden Kerzen. Da ist es wärmer. Ich werfe eine Münze in eine Kupferbüchse, zünde eine Kerze an und schlage ein Kreuz. Bis jetzt war es einfach.

Eine verlassene Gläubige kniet auf einer Bank und betet. Ich schaue mir die Kunst des Kniens bei ihr ab und knie hinter ihr in einer dunklen Ecke nieder. Nach ein paar Minuten fangen meine Knie an wehzutun, aber das macht nichts. Jetzt habe ich wenigstens etwas, um das ich beten kann.

Herr der Heiligen Mutter Kirche, bete ich. Wenn es nicht zu viel Mühe macht, gib mir ein Kissen für meine Knie.

Auf dem Land. Herbst 1940

»Samstags regnet es nie«, sagt Kasia.

»Was du nicht sagst«, antworte ich. Ich betrachte die pechschwarzen Wolken. Die Sonne kommt gerade noch durch und wirft ein eklig kaltes Licht über die kahlen Äcker.

Kasia blickt mich herausfordernd an. »Sag bloß, du weißt das nicht?«, sagt sie. »Am Samstag braucht die Heilige Jungfrau das ganze Wasser für die Wäsche.«

So einen Witz kenne ich auch. Am Schabbat darf Gott den Wasserhahn nicht aufdrehen, denn das ist Arbeit. Natürlich sage ich das nicht. Wie sollte ein frommer Goj* wie ich an diese Weisheit gekommen sein? Es ist schon schlimm genug, dass ich daran denke. Je länger ich Marek bin, umso mehr spielt sich mein anderes Selbst auf. Wird noch jüdischer als der Rebbe* von Belz.

Die Sonne verschwindet ganz. Ein paar Tropfen fallen. Die Heilige Jungfrau ist sicher fertig mit der Wäsche. Und Gott? Der hat sich einen Schabbesknecht genommen, der all die Arbeiten erledigen soll, die Ihm verboten sind. Der Hahn wird kräftig aufgedreht. Es beginnt zu gießen.

Wir brauchen die Ziegen nicht zu jagen, sie rennen von selbst zum Stall. Ich lasse mich keuchend ins Stroh fallen. Soll Kasia die Eimer an der Pumpe spülen. Sie wird ja nicht nass, weil es samstags nicht regnet.

Ich setze mich auf einen Hocker und beginne dankbar zu melken. Es sind schließlich die Ziegen, die mich aus der Scheiße geholt haben.

Der alte Zygmunt hatte sich hinter den Ohren gekratzt, als der Pfarrer mit mir angekommen war.

»Wir sind kein Wohltätigkeitsverein, Herr Pfarrer«, sagte er.

»Der Junge kann arbeiten.«

»Im Winter? Kann er der Alten helfen, Kerzen für Allerseelen zu machen? Kann er Wurst stopfen? Einmachen? Stricken? Frauen kann ich gebrauchen, Herr Pfarrer. Unsere Kasia hat alle Hände voll zu tun mit Melken und ihre Mutter klagt mir die Ohren voll.«

Mich jetzt auch noch in eine Frau zu verwandeln, das ging mir zu weit, aber Melken war kein Problem.

»Ich kann melken«, sagte ich.

Sogar der Pfarrer machte ein erstauntes Gesicht. Er hatte meine Geschichte geschluckt, was blieb ihm auch anderes übrig? Aber Melken war darin nicht vorgekommen.

Der Küster wollte mich aus der Kirche schicken, als das Tor geschlossen wurde, aber der Pfarrer war gerade noch rechtzeitig hereingekommen, die Hände vor dem Bauch gefaltet, den Kopf glänzend im Kerzenlicht. Ich wusste noch nicht, ob er Feind oder Freund war, also betrachtete ich ihn mir genau.

»Musst du nicht nach Hause, Junge?«, fragte er. »Der Brei wird kalt.«

So nahe wie möglich bei der Wahrheit bleiben, hatte Tadeusz gesagt. Da passieren die wenigsten Fehler.

»Meine Eltern leben nicht mehr«, sagte ich. »Ich bin auf dem Weg nach Warschau, zu Verwandten. Ich habe mir nur eine Zugkarte bis hierher kaufen können, mein Geld ist alle.«

Er kannte niemanden, der in diese Richtung fuhr, aber vielleicht könnte er Arbeit bei einem Bauern für mich finden, sagte er. So könnte ich für die Fahrkarte sparen oder bis zum Frühjahr warten.

Er ließ mich in der Kirche schlafen. Früh am Morgen aß ich mein letztes Stückchen Wurst und dabei sah ich, dass es in ein Blatt der *Jüdischen Gazette* eingewickelt war. David war ein Trottel, und ich ein noch größerer. Der Schwarzrock im Zug war kein Hellseher, er hatte einfach gute Augen.

Trotzdem war die Zeitung meine Rettung gewesen. Ich knüllte sie zusammen und verbrannte sie in einer flachen Kupferschale, die auf einem Tisch stand. Das Feuerchen wärmte mir die Hände. Ich wischte die Asche mit meinem Ärmel auf und verteilte die Reste der *Jüdischen Gazette* sorgfältig auf den Fußbodenfließen der Heiligen Mutter Kirche.

»Ein Bauernsohn, was?«, sagte Zygmunt misstrauisch. Er betrachtete meine städtische Kleidung.

»Es war eher eine Gärtnerei«, sagte ich. »Gemüse,

Obst, Blumen und so. Als Vater noch lebte, half ich ihm beim Melken. In den Ferien.«

Er blickte mich seltsam an. Das passte zu einem Stadtjungen, dass er glaubte, man müsse Rüben und Blumenkohl melken.

»Wir hatten ein paar Ziegen«, sagte ich beiläufig. »Und Kühe und Hühner.«

Er wollte den Herrn Pfarrer nicht länger aufhalten, aber das Melken wollte er doch selbst sehen. Die Sache war bald erledigt. Der Herr Pfarrer verließ uns erleichtert, warf mir aber beim Weggehen einen etwas eigenartigen Blick zu.

Ich gebe der Ziege einen Klaps gegen den dicken Bauch. Sie sieht schwanger aus. Oder heißt das bei Tieren trächtig? Aber im Winter? »Wann bekommen Ziegen Junge?«, frage ich Kasia.

Kaum ist es heraus, würde ich mir am liebsten die Zunge abbeißen. Ein Bauernsohn, der nicht weiß, wann Ziegen werfen. Großartig. Wie überlebe ich, ausgesetzt in der Wüste? Paragraph eins: Kaufe ein gutes, scharfes Taschenmesser und schneide dir als Erstes die Zunge ab.

Diesmal wundert sie sich nicht, dass ich so wenig weiß. Sie lacht ausgelassen.

»Wann eine Ziege Junge wirft? Das ist ein guter Witz! Wenn der Bock über ihr gewesen ist, natürlich.«

Ich werde rot. Auch das noch.

»Oder muss ich dir erklären, wie eine Ziege Junge bekommt?«

Ich gebe keine Antwort. Mein Eimer ist voll, ich leere ihn in die Kanne. Ich lasse mich auf einen Strohballen fallen. Kasia setzt sich neben mich. Sie riecht nach Mist, Käse und roher Milch.

»Es ist viel schöner, seit du da bist«, sagt sie. »Erzähl mir was über Krakau. Ist es eine große Stadt? Bist du auf der Burg gewesen?«

»Sie ist groß«, sage ich.

»Und du? Bist du auch schon groß?« Sie kichert ekelhaft. Ihre Zähne stehen weit auseinander und sind ein bisschen gelb. Sie hat große blaue Augen und einen runden Mund. Sie leckt sich die Lippen. Ich schiebe mich ein wenig zur Seite.

Im Stall ist es warm. Kasias Mutter hat mir einen alten Pullover aus brauner Schafwolle gegeben. Er kratzt. Ich ziehe die Jacke des Arbeitsanzugs aus und rolle die Pulloverärmel hoch.

Kasia streichelt mit einem Finger über meinen Unterarm.

Die Härchen richten sich auf.

»Was für starke Arme du hast«, sagt sie. »Da sieht man, dass du groß bist. Und damit du es weißt: Ich bin auch schon groß.«

Wir hören Schritte. Kasias Oma kommt und holt uns zum Essen. Die alte Frau hebt mit ihrem knochigen Arm die Milchkanne hoch und geht vor uns her zum Haus. Sie verschwindet in einer Kammer. In der Küche sitzen Kasias Eltern am Tisch. Ich nehme Platz. Bohnensuppe mit Speck. Sie geben mir gut zu essen, aber sie bezahlen mir nichts. Das spielt keine Rolle. Ich habe noch Geld. Das habe ich zusammen mit Rejseles Lied versteckt, aber ich wage es nicht mehr, mit dem Zug zu fahren. Vielleicht kann ich hier bleiben, bis die Kälte nachlässt, bevor ich mich wieder auf den Weg nach Warschau mache.

Ich habe mir von Kasia die Gegend erklären lassen. Der nächste Marktflecken ist nur ein paar Kilometer entfernt. Vielleicht kann ich dort einen Lastwagen finden, der nach Norden fährt.

Großmutter kommt herein. Sie eilt zum Tisch und stolpert. Ich springe auf, um ihr zu helfen. Die übrige Familie bleibt ruhig sitzen und bekreuzigt sich. Ich lerne es nie.

Schweigend setzt sich Oma hin und schweigend essen wir. Die einzigen Geräusche sind das Prasseln der Kohlen im Herd und das Zischen des Wasserkessels. Ich schlafe schon halb, als ich die Leiter zum Heuboden hinaufsteige. Ich bin zu müde, um zur Pumpe zu gehen und mich zu waschen. David hat mir Unterwäsche zum Wechseln mitgegeben und ich habe zwei Paar Socken, die ich jeden zweiten Tag wasche und hinter dem Herd zum Trocknen aufhänge. Die Unterhosen hänge ich auf dem Dachboden auf. Im Internat hatten wir Personal für die Wäsche. Hier macht es Oma, aber sie denkt nicht daran, etwas für mich zu tun.

Wohltätigkeit, das ist Sache des Herrn Pfarrers. Vielleicht soll ich meine schmutzige Wäsche zur Kirche bringen.

Das Heu sticht und kitzelt, es juckt mich. Vielleicht sitzt Ungeziefer darin. Die Flickendecke riecht nach Schimmel und Mehltau.

Schäm dich, würde Rejsele sagen. Schläfst du lieber draußen in der Kälte? Wir haben noch zu essen, sagte sie, wenn jemand über Hunger klagte. Das machte Mietek verrückt. Fräulein Immerfroh, sagte er dann höhnisch. Polnische Pudel bekommen mehr zu fressen als wir. Wann, meinst du, dürfen wir denn klagen? Wenn wir tot sind?

Ich sagte dazu nichts. Er hatte Recht. War sie eine Heilige? Oder fühlte sie den Hunger nicht, solange sie nur in ihrem geliebten Heim war?

Ich muss an Rejsele denken, um Kasia zu vergessen. Kasias Finger auf meinem Arm. Ihre Zunge, die immer wieder über ihre Lippen gleitet. Ihr Kichern. Bist du schon groß, Marek?

Ja, ich bin schon groß, aber das geht dich nichts an.

Mein Herz klopft schnell und pumpt mir das Blut durch den Körper. Jetzt juckt und brennt es überall. Ich lege mich auf den Bauch, aber das hilft nicht. Meine Hände umklammern das Kissen, das ich aus meinen Kleidern gemacht habe, und halten sich daran fest.

Hier liege ich nicht zwischen sechzig anderen Jungen in einem Schlafsaal und der Doktor ist nicht da, um mich zu ermahnen. »Ich will nicht sagen, dass ihr schlecht seid, Jungen«, sagte er, »aber denkt an eure Gesundheit. Es ist besser, sich richtig müde zu machen und sofort einzuschlafen.« Er hat leicht reden, dieser alte Mann.

Ich versuche an etwas anderes zu denken. An Rejsele. Damit ich mir nicht schlecht vorkomme. Es gelingt mir nicht. Stattdessen sehe ich plötzlich Frau Stefa vor mir, wie sie für mich gesorgt hat, als ich krank war. Damals warf ich mich auch immer herum, aber wegen eines anderen Fiebers, und es war niemand zu Hause. Sie waren alle zum Picknick gegangen, an Lag ba'Omer*. Der Park war schon für Juden verboten, deshalb aßen sie im Hinterhof. Ich hörte ihr Lachen und ihr Singen von meinem Bett im Krankenzimmer aus. Frau Stefa kam jede Stunde, um nach mir zu sehen. Da war sie nicht streng. Sie brachte mir Himbeersaft und ein nasses Tuch, um es mir auf die Stirn zu legen.

Ich drehe mich wieder auf den Rücken.

Im Heu rascheln Mäuse oder Ratten. Ich hätte in Warschau bleiben sollen. Ich versuche mir vorzustellen, wie ich da in meinem eigenen Bett liegen würde, neben meinem eigenen Nachtkästchen, zwischen diesen Scheißjungen, die aber wenigstens zu mir gehörten. Und dann fällt mir ein, dass sie inzwischen alle die Krochmalnastraße verlassen haben.

Ich weiß überhaupt nicht, wie der neue Schlafsaal aussieht, im Ghetto, in dem engen Gebäude der Handelsschule. Ich weiß nicht, ob es eine ordentliche Küche gibt, wo sie die kargen Mahlzeiten kochen. Ich weiß nicht mal, wo der Doktor sein Zimmer hat. Sie haben überhaupt nichts mehr mit mir zu tun.

Wieder höre ich die neckende Stimme. Bist du schon groß, Marek? Ja, ich bin groß. Ich kämpfe nicht mehr dagegen an. Meine Hände gleiten über meinen Bauch nach unten. Danach kann ich wenigstens schlafen.

*

Wenn das kein Glück ist: Mein ganzes Leben lang warnt man mich vor Schweinefleisch und jetzt spiele ich Bauernknecht ausgerechnet in dem Monat, in dem geschlachtet wird.

Wäre nur jeden Monat Allerseelen. Dann könnte ich mit Kasia und ihrer Großmutter Wachskerzen machen, um sie für die Toten anzuzünden. Es ist eine Frauenarbeit, haben sie spöttisch gesagt. Solange ich keine Deckchen besticken muss oder Papierblumen falten, um das Zimmer zu schmücken, ist es mir recht. Und Bienenwachs riecht schön. Als schmecke man Honig auf der Zunge.

Jetzt wende ich den Kopf ab, um nicht über der Schüssel zu atmen. Ich hänge bis zu den Ellenbogen im Schlachtabfall. Kutteln, Därme, Mägen. Rosige, schlängelige Würmer aus Fleisch und braune Lappen mit grauschwarzen Punkten darauf. Kein Hund würde das essen, wohl aber sie. Wenn ich Schlachtabfall sage, ist das falsch. Daraus macht man Delikatessen der polnischen

Küche. Eintopf mit Innereien. Gebratene Kutteln. Gehirn und Nieren hebt man für Feiertage auf. Presskopf, saure Sülze, Panhas. Nicht genug, dass ich hier über einer stinkenden Schüssel stehe und rühre, bis das Roggenmehl und die Kräuter sich mit dem verdammten Fleisch ordentlich gemengt haben. Nicht genug, dass ich beim Geruch verbrannter Haare den Schweinepfoten und Köpfen die Haut abziehen und zum weiteren Verbrauch säubern muss. Es genügt noch nicht mal, dass ich die übel riechende blasse Masse in ausgekochte Därme stopfen und mit dem Beil Schinken zerteilen muss, dass mir die Knochensplitter um die Ohren fliegen.

Nein, ich muss auch noch, nach der Arbeit, unter den geräucherten Würsten und Speckseiten sitzen, die zum Trocknen in der Küche an Balken hängen und ihren fettigen Geruch verbreiten. Ich muss auch noch mittags und abends das Ergebnis meiner Arbeit genießen. Mir Eintopf aus Eingeweiden hinunterwürgen. Ekliges Schmalz über meine Kartoffeln gießen. Mir Wurst durch die Kehle pressen. Speckbrocken durch meine Speiseröhre fallen lassen, einen ekligen Bissen nach dem anderen. Und das ist immer noch nicht genug. Das Schlimmste kommt noch. Ich muss zusammen mit der Familie glückselig stöhnen und schmatzen und immer wieder versichern, dass der November wirklich der wunderbarste Monat des Jahres ist und wir Gott danken müssen für unseren Überfluss.

Ich danke Gott, wenn die Flutwelle abends wieder

aus mir herauskommt. Ein ganzes Stück vom Hof entfernt stehe ich vornübergebeugt und kotze, bis ich mich zwar noch nicht rein fühle, mir aber weniger übel ist. Du hast noch zu essen, höre ich Rejsele vorwurfsvoll sagen, sei froh. Ich bin froh, Rejsele, wo du auch bist. Ich bin froh und dankbar, dankbar und froh. Rejsele. Wo bist du?

*

Kasia ist nicht mitgegangen zur Messe. Sie hat schon seit ein paar Tagen ihr Bett nicht verlassen. Bauchweh, sagt ihre Mutter.

Weil sie krank ist, muss ich ihre Arbeit zusätzlich machen. Die ganze Woche lang bin ich abends erschöpft in mein Heubett gerollt.

Nachdem ich zwei Schüsseln Kohl geschnitten habe, beginnt auch für mich die Sonntagsruhe. Ich lasse Großmutter, die ein Huhn rupft, in der Küche zurück und gehe ein Stück den Weg entlang, der zum Dorf führt. Weit wage ich es nicht. Meine Papiere stecken in der Innentasche meiner Jacke, aber hier nützen sie mir nicht viel. Was sucht ein Marek Jankowsky aus Warschau auf einem Bauernhof in der Nähe von Kielce?

Rejseles Lied habe ich im Heu unter meinem Bett verborgen. Da kommt niemand hin. Trotzdem denke ich über ein besseres Versteck nach.

Angenommen, dass das Lied sich nicht mehr zurückhalten kann und laut anfängt zu singen, dort im Heu, wenn ich nicht da bin, um ihm den Mund zuzuhalten?

Es ist ein unsinniger Gedanke, trotzdem laufe ich schnell zurück zum Bauernhof. Dieses Stück Papier ist der einzige Hinweis darauf, dass ich nicht der bin, für den ich mich ausgebe.

Kasia sitzt auf der Flickendecke.

»Was suchst du hier? Das ist mein Platz.«

»Nichts hier gehört dir. Wenn sie alle tot sind, ist das mein Bauernhof. Meine Tenne, mein Stall.«

»Sie sind noch nicht tot. Jetzt ist es mein Platz.«

Sie betrachtet eine Unterhose, die schon seit Tagen versucht, hier auf dem feuchten Boden zu trocknen.

»Wäschst du deine Sachen selbst?«

»Wer soll es denn sonst tun?«

»Setz dich doch. Es ist Sonntag.«

»Geh hier weg.«

Sie blickt mich spöttisch an. Ihre Zunge kommt wieder heraus. Sie setzt sich anders hin. Ihr Rock rutscht nach oben, so dass man ihre gestrickte Unterhose sehen kann.

»Mir wird kalt«, sagt sie.

»In der Küche ist es warm.«

»Wenn ich in die Küche gehe, hast du es hier trotzdem kalt.«

»Ich kann mich unter die Decke legen.« Kaum habe ich das gesagt, tut es mir schon Leid.

»Ich halte dich nicht zurück«, sagt sie.

»Deine Großmutter wird dich schon suchen.«

»Sie macht ein Schläfchen. Das tut sie immer, wenn sie allein ist. Mutter schimpft sie, wenn sie sie dabei erwischt.«

Sie klopft auf die Decke. »Wenn du herkommst, werde ich dir etwas erzählen. Etwas Wichtiges.«

»Was weißt du denn schon Wichtiges?«

»Stell dich doch nicht dumm, Marek. Wenn ich nicht wäre, wärst du schon längst weg hier. Ich bin nämlich nicht blöd.«

Sie lacht nicht. Versucht sie mir Angst zu machen? Hat sie etwas bemerkt?

So weit wie möglich von ihr entfernt setze ich mich auf die Decke, genau auf die Stelle, unter der das Papier im Heu versteckt ist. Mir kommt es vor, als brenne es ein Loch in meine Hose.

»Es gibt hier nicht genug Arbeit im Winter. Vater wollte dich schon längst wegschicken. Mutter hat ein bisschen Angst vor dem Herrn Pfarrer, aber Vater sagt, dann soll der dir doch was zu essen geben. Wir können nicht noch mehr Mäuler füttern.«

»Es gibt hier genug zu essen«, sage ich. Mein Herz klopft.

»Die Deutschen haben unsere Pferde beschlagnahmt. Wir müssen sehr viel Steuern bezahlen. Und dabei haben wir noch Glück. Ein Stück weiter sind Soldaten einquartiert. Der Bauer muss ihnen allen zu essen geben und sie bezahlen nichts.«

»Was tun die Soldaten hier?«, frage ich so beiläufig wie möglich.

»Die Partisanen sind schuld«, sagt Kasia scharf. »Sie hocken in den Wäldern, ein Stück weiter nördlich. Vater hofft, dass sie bald geschnappt werden. Wir haben nur Schwierigkeiten deswegen.«

Ich presse die Lippen zusammen. Wenn Mietek bloß hier wäre, dann könnten wir streiten. Jemandem sagen können, was man denkt, ist besser als alle Plätzchen, die Rejsele backen kann. Kasia nützt mir nichts. Selbst wenn ich ihr vertrauen würde, wäre sie zu dumm, um sich mit ihr zu unterhalten. Dumm? Sie weiß nicht viel, aber dumm ist sie nicht.

Sie rutscht näher zu mir.

»Deshalb bin ich krank geworden, verstehst du?«

Nein, das verstehe ich nicht. »Um die Partisanen zu verjagen?«

»Wie dumm du manchmal bist«, sagt sie, lacht aber freundlich. »Jetzt muss Vater dich behalten, denn ich kann unmöglich melken und Mutter helfen, mit diesen schrecklichen Schmerzen hier. Ich habe wirklich einen Hubbel, fühl mal.«

Ich habe keine Lust dazu. Sie nimmt meine Hand und legt sie auf ihren Bauch. Ich fühle keinen harten Hubbel, im Gegenteil. Was ich unter dem rauhen Stoff ihres Rocks fühle, ist weich wie der Bauch einer Ziege. Ich möchte meine Hand zurückziehen, aber sie hält sie fest.

»Hier, fühlst du? Ein Hubbel. Fühlst du es nicht?«

Plötzlich lässt sie meine Hand los und betastet mit gesenktem Blick meinen Bauch. Flammen schlagen in mir hoch. Sie hebt den Kopf und blickt mir direkt in das glühende Gesicht. »Du hast auch einen Hubbel«, sagt sie zufrieden. »Aber der sitzt tiefer.«

Ich schiebe ihre Hand weg, doch damit erreiche ich genau das, was ich nicht wollte. Sie verliert das Gleichgewicht und fällt auf mich. Ihr rotes Gesicht ist direkt über meinem. Jetzt lacht sie nicht mehr, sondern atmet laut mit offenem Mund. Meine Nasenlöcher atmen Kohl und Zwiebeln ein. Etwas Saures steigt mir durch die Kehle. Ich schlucke. Kasia hält meine Schultern fest und reibt sich an mir. Wie schwer sie ist. Ich versuche hochzukommen, aber das Heu macht nicht mit. Es ist zu weich, um sich darauf abzustützen. Jetzt hat sie mein Bein zwischen ihre Oberschenkel genommen und schiebt sich auf und ab.

Ich kann meine Hände nicht mehr bei mir behalten. Sie drücken ihre Schultern, greifen dann tiefer, wo ihre Brüste wie Wollknäuel den Pullover ausbeulen, und beginnen zu reiben und zu kneten, als wolle ich Brot backen. Sie gehorchen mir nicht mehr. Der Hubbel unten an meinem Bauch fühlt sich jetzt an wie ein dicker Zweig. Ich frage mich, was mir der Doktor raten würde, wenn er jetzt hier wäre. Ein Glück, dass sie nicht an Küssen denkt. Mein Mund allerdings scheint genau diesen Wunsch zu haben. Spucke läuft mir zusammen und meine Lippen schmatzen unkontrolliert. Der Gedanke an ihre gelben Zähne, die Zwiebeln und den Kohl und die Dinge, die sie gesagt hat, halten mich zurück.

Die Einzige, die ich je küssen will, ist Rejsele.

Der Gedanke an Rejsele jagt mir eine neue Blutwelle ins Gesicht. Jetzt vor Scham. Danach wird alles noch schlimmer. Kasia und Rejsele scheinen durcheinander zu geraten.

Ich atme immer heftiger und drücke all das Warme, Wollige und Runde an mich.

Kasia stößt einen seltsamen Schrei aus. Ein Schweißtropfen fällt von ihrer Stirn auf meine Wange. Sie richtet sich ein wenig auf. Ich möchte sie zu mir ziehen, doch sie stützt sich mit einem Arm ab. Ihre andere Hand rutscht tiefer. Sie fummelt an meinem Hosenknopf.

Mit einem Ruck habe ich mich aufgesetzt und schiebe sie weg. Diesmal gibt das Heu nicht nach.

Mein Herz klopft nicht mehr, es steht still. Mein glühendes Gesicht wird eiskalt und der dicke Zweig in meiner Hose ist zu einem Streichholz zusammengeschrumpft, das sich ganz unten in der Schachtel versteckt, um nicht angezündet zu werden.

Dummer Idiot!

Kasia sieht noch immer erschrocken aus. Sie keucht und drückt sich eine Hand ans Herz. Ihr Mund ist noch feucht und ihre Wangen sind rot, aber sie schaut mich mit kalten Augen an.

Die Frau von Potiphar*, denke ich plötzlich. Es geht doch nichts über die Bibel, wenn es sich um Unterricht in der Liebe handelt. Gleich läuft sie zu ihrem Vater und sagt, ich hätte versucht, sie zu verführen.

»Dein Vater!«, sage ich. »Er schmeißt mich vom Hof.«

Auch wenn ich ihr erster Liebhaber bin – sobald sie mir die Hose auszieht, wird sie merken, dass ich beschnitten bin. Sie hat schon genug Tiere gesehen.

Mein frommer Opa ist an allem schuld.

»Dein Vater«, sage ich noch einmal.

Kasia hat den Schreck überwunden. Sie schaut mich wütend an.

»Und daran denkst du erst jetzt?«

»Es tut mir Leid.«

»Das will ich hoffen«, sagt sie höhnisch. Sie zieht ihr Kleid zurecht und steht auf. Sie schwankt in dem weichen Heu.

»Du bist ein dreckiger Jude«, sagt sie. »Ich habe es schon die ganze Zeit gewusst.«

»Sei doch nicht albern.«

»Du bist albern. Dann zeig doch mal.«

»Morgen«, sage ich. »Sie können jeden Moment zurückkommen.« Ich ziehe ein zimperliches Gesicht. Dann sage ich schmeichelnd: »Du bist mein erstes Mädchen. Du machst mich verlegen. Und du bist so schön. Morgen Abend, in Ordnung? Dann suchen wir uns ein sicheres Plätzchen.«

Sie sieht etwas freundlicher aus. Sie zieht die Schultern hoch und klettert rückwärts die Leiter hinunter.

Abends sitzt sie am Tisch. Ihr Bauchweh sei vorbei, sagt sie.

Meines hat gerade begonnen.

*

Saubere Socken. Ich bin froh über meine sauberen Socken. Hier gehe ich, mitten in der Nacht, einen Bergpfad voller spitzer Steine entlang. Hinter mir die Kaserne voll deutscher Soldaten, um die ich einen großen Bogen gemacht habe.

Ich bin schon die dritte Nacht unterwegs.

Vor mir liegt der endlose Weg nach Warschau, wohin ich aus eigener Kraft nie kommen kann.

Ich muss jemand finden, der mir hilft. Aber wem kann man trauen?

Vom Speck ist nur noch eine fette Schwarte übrig, auf der ich beim Gehen kaue. Das Brot habe ich längst aufgegessen, ebenso die Pilze, die ich im Wald gefunden habe. Meine Lage ist vollkommen hoffnungslos, und trotzdem kann ich an nichts anderes denken als an die Socken.

Sie lagen auf dem Küchentisch, wo Kasias Großmutter Kleidungsstücke geflickt hat.

Das Stopfei, das daneben lag, ließ ich liegen, doch die Nadel und ein kleines Wollknäuel steckte ich in meine Tasche. Und die Socken. Dicke, graue, von Zygmunt. Drei Paar. Ich hatte keine Ahnung, wo ich hin sollte, aber bleiben war ausgeschlossen, Kasia würde mich nicht in Ruhe lassen.

Du solltest halt nicht so ein gut aussehender Junge sein, dachte ich, als ich auf meinem Heuboden lag und wartete, bis alle schliefen. Mittags hatte ich die Tasche mit Brot und Speck unter der Matratze versteckt und gebetet, dass die Mäuse sie nicht entdecken. Mein Gebet war erhört worden, aber als ich nachts die Tasche wieder hervorholte, überlegte ich mir, dass Kasias Eltern den Speck vielleicht vermissen und mir die Polizei nachjagen würden. Ich riss ein Stück Papier von einem Mehlsack und kritzelte etwas hin von Heimweh und Fortmüssen. Es war nicht sehr glaubwürdig, sogar wenn Kasia ihren Mund halten würde, aber wenigstens war es ein Abschiedsgruß.

Ich schlich mich zum Haus, steckte eine Kerze an und legte den Zettel und etwas Geld auf den Küchentisch. Nicht dass sie ein Recht darauf hätten. Ich hatte hart genug gearbeitet. Und in diesem Moment sah ich die Socken.

Als ich schon eine halbe Stunde gelaufen war, fiel mir ein, dass ich das Lied für Rejsele und den Rest meines Geldes vergessen hatte. Ich lief zurück. Kasia hatte sich in meine Decke gerollt und schlief. Sie war mitten in der Nacht zu mir gekommen und hatte sich in das leere Bett gelegt. Hatte sie etwa angenommen, ich würde einen Spaziergang machen? Oder dass ich sehr lange pinkeln musste?

Sie war schuld, dass ich wegmusste, trotzdem bewegte sich der kleine Verräter in meiner Hose, als ich neben ihr kniete und ihren Zwiebelduft roch.

Wenn ich meine Sachen aus dem Heu holen wollte, musste ich sie aufwecken. Das war reiner Wahnsinn. Ich sollte lieber dafür sorgen, den Bauernhof möglichst weit hinter mir zu lassen, bevor es Morgen wurde. Sie schlafen lassen. Das war meine einzige Chance.

Ich weckte sie.

Es war stockdunkel auf dem Dachboden. Ich konnte ihr Gesicht nicht sehen.

»Wo warst du?«, fragte sie schläfrig.

»Rutsch mal«, sagte ich. Ich grub meinen Zettel und das Geld aus und stopfte es in meinen Stiefel.

»Du gehst weg«, sagte Kasia.

»Ja.«

»Du bist also doch ein Jude. So dumm bin ich nicht.«

»Ja.«

»Was heißt ja? Dass du Jude bist oder dass du mich für dumm hältst?«

»Ich bin Jude.«

»Verrückt. Aber wenn man es nicht wüsste, würde man es nicht merken. Man sieht dir fast nichts an.«

Das sollte ich wohl als Kompliment verstehen.

»Gib mir einen Vorsprung bis morgen früh«, sagte ich.

»Warum sollte ich? Wenn ich alle aufwecke, kannst du nicht weg.« Ihr machte die Sache Spaß.

»Weißt du, was passiert, wenn sie mich finden?«

»Vielleicht verrate ich dich ja nicht. Wenn du lieb zu mir bist.«

Ich konnte mir vorstellen, wie mein Leben hier auf dem Hof aussehen würde, wenn ich lieb zu Kasia sein musste.

»Dein Vater hat keine Arbeit mehr für mich. Und in ein paar Wochen ist es zu kalt, um mich zu Fuß auf den Weg zu machen.«

»Es ist jetzt schon kalt.«

»Trotzdem gehe ich.«

Plötzlich schlug sie die Arme um mich und zog mich hinunter.

»Was tust du?«

»Ich weiß es doch schon«, sagte sie. »Du brauchst nichts vor mir zu verbergen.«

»Ich muss mich beeilen.«

»Wenn ich die anderen aufwecke, kommst du nicht weit.«

Sie rollte über mich und drückte mich nach unten.

»Wie seltsam du dich anfühlst«, sagte sie.

»Ich habe all meine Sachen übereinander angezogen.«

»Was für ein Pech.«

Diesmal küsste sie mich. Sie schmeckte besser, als sie roch. Sie rieb sich noch ein wenig an mir, so wie beim ersten Mal, aber dann hatte sie es plötzlich eilig. Ich hatte es auch eilig, aber aus einem anderen Grund. Sie zog ihre Strümpfe und ihre Unterhose herunter und machte mir die Hose auf. Mir ging durch den Kopf, dass ich wohl doch nicht ihr erster Liebhaber war.

Als sie sich auf meinen nackten Bauch schob, bekam ich Lampenfieber. Mein Gesicht glühte vor Scham. Das war der Moment, um noch rechtzeitig zu verschwinden. Ich zerrte an ihrem Nachthemd. Aber sie kroch tiefer und begann mich dort zu küssen. Oder zu lecken. Oder etwas anderes Weiches und Nasses mit mir anzustellen, was mich fast zum Schreien brachte. Als ich in ihr drin war, bewegte sie sich auf und ab. Es dauerte keine halbe Minute, da schoss sie plötzlich hoch und fiel keuchend auf mir nieder. Mein Bauch wurde nass und ich war froh, dass es dunkel war.

»Trottel«, sagte sie. »Du hättest es beinahe in mich reinlaufen lassen.«

Ich verstand sie nicht. Darum ging es doch gerade, oder?

Ich wollte mir den Bauch abwischen, aber ihr Gewicht drückte mich tief ins Heu.

»Kommst du zurück, wenn die Deutschen weg sind?«, fragte sie.

Sie kicherte.

»Stell dir vor«, sagte sie. »Ein jüdisches Baby.«

Ihr Ton war halb verächtlich, halb zärtlich. Sie tat, als ob sie nun ein Schweinchen auf die Welt bringen müsste.

Ich zitterte.

Kasia gähnte.

»Du kannst hier nicht liegen bleiben«, sagte ich.

Sie kletterte die Leiter hinunter und ich folgte ihr. Ich wartete nicht, bis sie im Haus war.

Als ich zum zweiten Mal in dieser Nacht den Weg über die Äcker nahm, wusste ich, warum ich zum Bauernhof zurückgegangen war.

Der Morgen dämmerte schon, als ich zu einem kleinen Dorf kam, in dem aber niemand mehr wohnte. Die Häuser waren abgebrannt und in den Gräben lagen Leichen. Schnell lief ich vorbei. Zum Schlafen ging ich in eine Scheune, die verschont geblieben war, und dort zog ich mir saubere Unterwäsche an.

Die erste Hälfte der folgenden Nacht lief ich durch eine verwüstete Landschaft. Überall abgebrannte Bauernhöfe und verkohlte Bäume.

Ich folgte dem Fluss Richtung Norden. Am anderen Ufer war eine Straße, auf der Lastwagen fuhren. Wahrscheinlich gab es in der Nähe eine Stadt. Gegen Morgen fing ich an, nach einem Bauernhof zu suchen, wo ich mich auf dem Heuboden verstecken könnte, um tagsüber zu schlafen.

Am ersten Bauernhof bellte ein Hund. Ich ging weiter. Im nächsten brannte Licht. Es war zu spät, die Bauern standen schon auf, um zu melken.

Ich ließ den Fluss hinter mir und nahm einen Waldweg. Er führte aufwärts, in die Berge. Diesen ganzen Tag lief ich weiter, ohne zu schlafen.

*

Ich beginne mit meinem letzten Stück Schwarte.

Bald muss ich wieder unter Menschen, um an etwas zu essen zu kommen. Vielleicht gibt es einen Markt in einem Dorf, wo ich Brot kaufen kann. Heute Nacht habe ich ein paar Stunden draußen geschlafen, im Wald. Ich fror, aber ich war so müde, dass ich sehr schnell in Schlaf fiel. Jetzt scheint eine blasse Sonne. Warm wird mir davon nicht, aber es hilft mir, die Richtung zu bestimmen.

Ich weiß nicht, was für seltsame Steine das sind. Sie sind so scharf wie Messer. Hätte ich nicht so kräftige Stiefel, würden meine Füße schon längst bluten. Ich fühle die Steine durch die dicken Sohlen schneiden, wie Sporen, die ein Pferd weiterjagen. Meine Füße stolpern vorwärts, ohne dass ich weiß, wie.

Schöne saubere Socken, denke ich und weiß, dass es Blödsinn ist. Bald werde ich aufgeben müssen.

Ich höre Geraschel zwischen den Bäumen. Jemand kommt.

Ich stelle mich hinter einen Baum. Aus dem niedrigen Unterholz springt ein Hirsch heraus. Plötzlich bleibt er stocksteif stehen und schaut sich um. Wie verwundert. Seine großen Ohren bewegen sich in alle Richtungen. Er schaut mich direkt an. Sie schaut mich direkt an. Es ist eine Hirschkuh. Sie steht so dicht vor mir, dass ich den Glanz auf ihrer feuchten Nase sehen kann. Und die dichten Haare ihres Winterfells, die sich im Wind bewegen.

Komm nur, sage ich unhörbar. Du bist bestimmt schön warm. Ich werde dir nichts tun. Ich habe kein Messer und kein Feuer, also kann ich dich nicht essen.

Mit einem Sprung dreht sie mir den Rücken zu, mit dem nächsten ist sie verschwunden.

Ich setze mich auf einen umgefallenen Baum. Ich bin zu müde zum Weitergehen.

Wie viele Tage habe ich keine Menschenseele mehr gesehen? Sogar Kasia und ihre Familie kommen mir jetzt vor wie Engel vom Himmel.

»Mojsche«, sage ich leise zu mir selbst.

Ich habe meinen Namen noch nicht vergessen. Heute Nacht träumte ich, dass sie mich riefen: »Mojsche! Mojsche!« So laut, dass jeder es hören konnte. »Still!«, sagte ich. »Es ist gefährlich, mich zu rufen.« Aber es war wunderbar, meinen eigenen Namen zu hören.

»Mojsche«, sage ich laut. Der Wald schweigt.

Zum ersten Mal seit Tagen denke ich an Rejsele.

Ihr Bild ist verschwommen. Sogar ihren Zopf kann ich mir nicht mehr richtig vorstellen.

Statt ihres ernsten Gesichts sehe ich den Kopf der Hirschkuh vor mir, die beweglichen Ohren und die feuchte Nase. Rejsele hat sich als Hirschkuh verkleidet und ist gekommen, um mich zu besuchen. Gut, dass ich saubere Socken anhabe. Rejsele. Ohren. Socken. Ich rutsche von meinem Baumstamm auf den Boden. Ich sehe Sterne vor meinen Augen, dann ist es nur noch schwarz.

*

Der Hund kann mich nicht geweckt haben. Sein Gebell klingt zu weit weg, genau wie die Stimmen. Ich will aufstehen. Sofort muss ich mich übergeben, aber mein Magen ist leer. Ich spucke Galle mit Speckfett und versuche, mich aufzurichten. Der nasse Boden hat die dürren Blätter unter meinem Rücken durchgeweicht. Mein Mantel ist feucht.

Die Stimmen kommen näher.

Sind es Jäger? Bestimmt verfolgen sie die Hirschkuh. Oder mich? Eine Patrouille von der Kaserne? Sie können nicht wissen, dass ich hier bin. Oder doch?

Ich beginne zu rennen. Es geht besser, als ich dachte. Mir ist noch immer schwindlig, aber mein Herz klopft und pumpt Blut in meine Beine.

Der Weg führt steil nach oben. Als er eine Kurve nach rechts nimmt, laufe ich weiter geradeaus. Quer durch das Unterholz, wie ich es bei der Hirschkuh gesehen habe. Zweige schlagen mir ins Gesicht und Dornen reißen mir die Hände auf. Warum tue ich das? Ich kann ihnen ja doch nicht entrinnen. Der Hund wird ihnen den Weg zeigen. Er ist bestimmt nicht jüdisch, so wie die Hühner von Zalewski.

Ich tauche unter einem Ast hindurch. Je weniger Spuren ich hinterlasse, umso besser. Keine Zweige abbrechen. Vielleicht ist der Hund erkältet, dann macht es nichts, dass ich so stinke.

Der Wald wird lichter. Auch das noch. Jetzt fehlt nur noch ein kahler Hang, auf dem man mich kilometerweit sehen kann.

Und wirklich, ich komme auf eine Lichtung.

Knallgrünes Moos mit weißen Steinen, über die ein kleiner Bach plätschert.

Großartig! Solange ich trockene Füße habe, kann mir nichts passieren, habe ich immer gedacht. Ein Aberglaube wie alles andere, aber er hat mich aufrecht gehalten.

Nun werde ich durch den Bach waten müssen. Ich habe keine Zeit, meine Stiefel auszuziehen.

Das Bellen kommt immer näher. Wie schnell sie laufen. Das ist nicht fair. Sie haben heute Morgen ordentlich gefrühstückt, nach einer guten Nachtruhe auf einem soliden Feldbett. Die Hirschkuh hätte bessere Chancen als ich.

Am Ufer kann ich von einem Stein auf den anderen springen, doch in der Mitte ist es tiefer. Das Wasser reicht mir bis zur halben Höhe der Stiefel und die sind nicht wasserdicht. Ich erinnere mich an einen Cowboyfilm, den wir mit dem Doktor gesehen haben. Der Doktor war verrückt nach Indianern. Ich glaube, er hat uns nur mitgenommen, um nicht allein gehen zu müssen. Es hätte ihn ja jemand sehen können, wie er allein in einem Kino saß! Doktor Korczak im Wilden Westen.

Das Bellen ist nun sehr deutlich zu hören. Nicht daran denken, sage ich mir.

Ich bin am anderen Ufer und laufe den Bach entlang.

Ich versuche, nicht auf meine kalten Füße und die klatschnassen Socken zu achten. Die Stiefel kriege ich nie mehr trocken.

In diesem Film ritten sie durch einen Fluss, der war genauso voller Steine, aber dort war es heiß und sie wurden auf ihren Pferden nur ein bisschen nass. Ich fand Cowboyfilme immer kindisch, genauso kindisch wie Zoobesuche. Einmal bin ich mitgegangen, aber dann nie wieder. Sollte Korzcak doch mit anderen gehen. Es gab so viele arme Waisen, die noch nie einen Affen gesehen hatten. Die nichts anderes kannten als die Straßen und Kellerräume, in denen sie zu zehnt wohnten.

Wenn der Doktor meinte, er müsste sie nicht nur füttern, sondern ihnen auch zeigen, wie ein Affe aussieht, dann sollte er es tun. Aber ohne mich.

Wir mussten immer lachen, wenn so ein Lump aus dem Armenviertel zu uns kam. Hatte noch nie einen Wasserhahn gesehen. Wusste nicht, was eine Zentralheizung war. Wusste nicht, dass man die Wasserspülung ziehen musste, wenn man auf der Toilette war. Wie ein Indianer, der zum ersten Mal nach New York kommt. Aber das war ein anderer Film, nicht der, an den ich jetzt denken muss. Da ritten die Cowboys durch den Fluss, damit die Rothäute keine Hufspuren sehen würden. Die brauchten keinen Hund, die Apachen. Sie schnüffelten kurz, schauten sich um und dann ritten sie ihren roten Hakennasen nach. Bis sie zum Wasser kamen. Dort verschwand die Spur.

Ich bleibe so plötzlich stehen, dass ich fast gegen mich selbst stoße.

»Weißer Bruder Plan haben?«, sagt Marek zu Mojsche.

Ja, sogar guten Plan.

Wieder steige ich in das Wasser und renne platschend und spritzend durch den Bach den Hügel hinauf. Der Bach macht eine Biegung. Wenn sie gleich das andere Ufer erreichen, bin ich aus ihrem Blickfeld. Sollen sie doch auch nasse Füße bekommen. Es müsste ein toller Hund sein, der mich jetzt noch riecht.

Ich stolpere weiter über den unebenen Boden. Nach einer Weile bleibe ich stehen und trinke. Meine Kehle ist trocken vom Rennen. Mit zitternden Fingern fummle ich das Geld und Rejseles Lied aus dem Stiefel und stecke es in meine Tasche.

Wenn ich still stehe, fühle ich, wie müde ich bin und wie leer mein Magen ist. Ich schwanke hin und her und meine Ohren sausen.

Noch etwas anderes saust. Die Stille. Schon eine ganze Weile habe ich kein Bellen mehr gehört. Nur das Rieseln des Baches.

Über mir sehe ich die Baumwipfel, die sich scharf gegen den Himmel abheben. Ich bin fast schon über den Berg.

Ich springe auf einen großen Stein, um zum anderen Ufer zu gehen. Da rutsche ich aus und liege der Länge nach im Wasser. Ich kann gerade noch meine Tasche hochheben. Ein spitzer Stein stößt mich in die Brust. Ich fluche und rapple mich auf.

Als ich am Ufer stehe, schwinge ich meine Arme im Kreis. So, die Wäsche wäre erledigt, aber wo ist die Leine zum Trocknen? Es dämmert. Im November die Nacht im Freien zu verbringen ist schlimm genug, aber mit nassen Kleidern ist es unmöglich. Ich muss weiterlaufen.

Es ist schon zu dunkel, um quer durch den Wald zu gehen. Ich folge einem Ziegenpfad, der den Bach entlang führt.

Ich sehe den Soldaten zu spät. Fast stoße ich gegen seine reglose Gestalt. Ich bleibe stehen. Das Einzige, was ich fühle, ist eisige Kälte. Und dann Erleichterung. Ich muss nicht weiter. Es ist vorbei.

*

Der Wachtposten sagt nichts. Er schaut den Weg entlang, den ich gekommen bin, ob noch andere folgen.

Dann durchsucht er mich schnell und oberflächlich.

Er fragt nicht nach meinen Papieren, und der Zettel in meiner Tasche interessiert ihn nicht. Er will nur prüfen, ob ich bewaffnet bin.

Ich wünschte, er würde etwas sagen.

Es braucht kein herzliches Willkommen zu sein. Wenn nur eine Stimme zu hören wäre.

Ich merke ihm an, dass er nicht weiß, was er tun soll. Mich auf der Stelle erschießen? Seinen Posten verlassen und mich irgendwo hinbringen? Ich bin bestimmt nicht der Feind, den er sucht. Aber ich mache mir keine großen Sorgen. Das alles ist sein Problem, nicht meines.

Ich möchte nur, dass er sich beeilt mit dem, was immer er vorhat, ich friere nämlich.

Der Wachtposten ist kaum älter als ich. Er ist ein einfacher Soldat, denn ich sehe keine Streifen auf seinem Ärmel. Mietek kennt alle militärischen Ränge und die verschiedenen Uniformen. Ich kann noch nicht mal einen Feuerwehrmann von einem Schutzmann unterscheiden. Ja, doch. Wenn er einen Schlauch trägt, ist er Feuerwehrmann. Aber von Uniformen verstehe ich nichts.

Er schiebt mich vor sich her den Weg hinauf. Er geht so schnell, dass die Faust in meinem Rücken mich beinahe umwirft. Ich kann fast nicht mehr, aber ich brauche meinen erschöpften Körper nicht vorwärts zu treiben. Das tut der Soldat für mich. Als wir über den Hügel sind, wird es leichter. Ich lasse meine Füße einfach fallen. Der Weg führt nach rechts. Der Soldat schiebt mich in den Wald.

Jetzt brauche ich wenigstens nicht mehr darauf zu achten, dass ich keine Spuren hinterlasse. Ich breche Zweige ab und stolpere drauflos. Da und dort ist der Boden hart, als wäre hier vor langer Zeit ein Weg gewesen. Wir kommen zu einer Lichtung, wo ein verfallener Schafstall steht.

Niemand ist zu sehen. Mein Bewacher stößt mich

durch die quietschende Tür hinein. Drei Soldaten sitzen um eine Armeekiste und schauen ihn an. Er lässt mich an der Tür stehen, geht zu ihnen, flüstert etwas und geht schnell weg.

Jetzt sollte ich mich laut Tadeusz gut umschauen. Aber meine Augen fallen immer wieder zu. Ich nehme mir vor, genau aufzupassen, sobald ich etwas in den Magen bekomme. Falls ich überhaupt noch jemals was in den Magen bekomme.

Einer der Männer tritt auf mich zu. Er will Papiere sehen. Also habe ich sie wenigstens nicht umsonst mitgenommen. Er spricht Polnisch mit mir. Bestimmt ein Volksdeutscher. Seit Generationen leben sie schon in Polen und hängen noch immer treu an ihrem Vaterland. Sogar die leichte Anstrengung, meine Tasche zu öffnen, ist zu viel für mich. Ich schwanke hin und her.

Ich bekomme einen Stuhl. Sie sind auch Menschen.

Als er meine Papiere betrachtet hat, legt er sie auf die Kiste und will wissen, was ich hier tue.

Nahe bei der Wahrheit bleiben, hat Tadeusz gesagt.

Ich habe keine Eltern mehr. Man hat mich aus Warschau zu meinem Onkel geschickt, der einen Bauernhof hinter Kielce hat. Meine Tante hat mich mit meiner Nichte erwischt und da haben sie mich weggejagt. Jetzt bin ich auf dem Weg nach Warschau.

»Er ist durch und durch nass«, sagt der andere Soldat. Der hat Streifen. Vielleicht ein Leutnant. »Krank können wir ihn nicht gebrauchen.«

Er schickt den dritten Mann weg, um etwas zu holen. Sein Adjutant. Dafür brauche ich Mietek nicht.

Erst jetzt spüre ich, wie warm es hier drinnen ist. Neben der Armeekiste steht eine große Metallbüchse, in deren Deckel sich im Kreis angeordnete Löcher befinden. Ein Feldofen? Das Ding strahlt große Hitze aus, aber es ist kein Rauch zu sehen.

»Ausziehen«, sagt mein Befrager. Ganz langsam ziehe ich meine Jacke aus. Mir wird bei der kleinsten Bewegung schwindlig.

»Schneller.«

»Er hat Hunger«, sagt der Leutnant.

»Alles zu seiner Zeit«, sagt mein Befrager.

Er schüttelt meine Tasche aus und nimmt Rejseles Lied in die Hand. Er betrachtet kurz das Papier, sagt aber nichts, sondern legt es auf die Kiste neben eine große Stabskarte. Dann sticht er mit der Stopfnadel in das Wollknäuel. Nichts ist drin. Er runzelt die Stirn. Offenbar sieht er den Nutzen der Wolle nicht ein. Ich auch nicht.

»Deine Unterhose ist auch nass«, sagt er nur. Als ich sie ausgezogen habe, wirft er mir einen Blick zu und beginnt zu lachen. Der Leutnant lacht auch. Sie schlagen sich auf die Knie vor Lachen. Haben sie noch nie einen beschnittenen Juden gesehen?

Sie scheinen sehr erleichtert zu sein. Der Leutnant schlägt mir sogar auf die nackte Schulter.

Ich ziehe die trockenen Kleider an, die der Adjutant

geholt hat, schlage die Hosenbeine um und setze mich erschöpft hin. Ich bekomme ein Stück Brot, das ich mühsam mit Wasser hinunterspüle. Ich zittere am ganzen Körper.

»Jetzt erzähl uns mal«, sagt der Leutnant. »Wie bist du an die falschen Papiere gekommen?«

»Jemand hat sie mir gegeben.«

»Und wer?«

»Ich weiß seinen Namen nicht.«

»Wo?«

»In Warschau.«

»Warum?«

»Um zu fliehen.«

»Wie viel hast du bezahlt?«

»Hundert Zloty.«

»Woher hattest du das Geld?«

»Von meinem Onkel.«

»Wie heißt dein Onkel?«

»Szymon Feldman.«

»Und du?«

»Mojsche Feldman.«

Wenn ich sterbe, werde ich wenigstens meinen eigenen Vornamen tragen. Ich habe nie gewusst, wie wichtig das ist. Jetzt weiß ich es. Ein bisschen zu spät.

»Warum bist du so nass?«

»Ich bin durch einen Bach gelaufen, um den Hund abzuhängen. Sie waren hinter mir her. Ihr wart hinter mir her.«

»Ihr?« Er lacht wieder. Die beiden anderen lachen auch. Ich habe gar nicht gewusst, dass ich so witzig bin.

Dann wird er ernst. Er möchte genau wissen, wo sie hinter mir her gewesen waren. Ich erzähle es ihm.

»Sie waren nicht hinter dir her«, sagte er, »sondern hinter uns.«

Es ist zu kompliziert für mich. Vielleicht braucht mein Gehirn etwas mehr Nahrung.

»Ich habe noch Hunger«, sage ich.

»Glaubst du, das Essen wächst uns auf dem Rücken?«, fragt er. Er erinnert mich an den Doktor.

Ich esse noch ein Stück Brot und dann ist der Schafstall plötzlich voller Soldaten. Mein Wachtposten ist auch dabei. Die Offiziere reden in einer Ecke miteinander, dann beginnen sie zu packen. Zwei Soldaten nehmen den Ofen an den Griffen. Ein tragbarer Feldofen. Sie löschen die Kohlen nicht. Die Kiste kommt auch mit. Ich stopfe meine nassen Kleider in die Tasche und hänge sie mir um den Hals. Als gerade niemand schaut, schnappe ich Rejseles Lied und stecke es in die Hosentasche. Meine Stiefel sind doch ein bisschen trockner geworden. Als ich zwei Schritte gemacht habe, sacke ich zusammen. Ich höre nur noch lautes Fluchen, dann falle ich in tiefen Schlaf.

Warschau, Winter 1941

Es regnet leicht, doch das dichte Blätterdach hält die Tropfen zurück. Der Grabstein aus Marmor hebt sich blass gegen die dunklen Sträucher ab. Jesus hängt bewegungslos an seinem Kreuz schräg über mir. Juden unter sich.

Der Himmel ist bewölkt wie jeden Tag, aber die ersten Vögel beginnen schon zu zwitschern. Der Frühling ist nicht mehr weit.

Es scheint sehr lange her, dass ich mit den Partisanen durch die Berge zog. Die Verbindung mit ihrer Einheit war abgebrochen. Der Bauernhof, wo sich ihr Hauptquartier befunden hatte, war verlassen. Ein paar Tage blieben wir dort und ruhten uns aus. Dann beschlossen sie, jemanden nach Warschau zu schicken, um Instruktionen einzuholen. Ich durfte mit.

Wir nahmen den Zug. Als eine Kontrolle kam, zeigten wir brav unsere Papiere.

In Warschau meldete ich mich sofort bei Tadeusz.

Er hatte mich nicht zurückerwartet. »Mojsche«, rief er.

Ich hob drohend die Hand, als wollte ich ihm einen Schlag versetzen. Er grinste, als er sich daran erinnerte. »Marek«, korrigierte er sich.

Ich musste von meiner Wanderung berichten und

wurde gehörig zusammengestaucht. Meine Dummheit in Krakau hätte mich den Kopf kosten können. Das wusste ich doch selbst. Die Geschichte mit Kasia erwähnte ich lieber nicht.

Die anderen Mitglieder seiner Gruppe waren nicht so ungnädig. Sie fanden, dass ich mich gut durchgeschlagen hätte und weiter für sie arbeiten könne. Sie waren wohl auch darauf angewiesen. Ihre Kuriere wurden am laufenden Band geschnappt.

»Und nichts auf eigene Faust unternehmen«, warnte mich Tadeusz. Ich versprach es ihm.

Dieses Versprechen werde ich nun brechen.

Ein paar Monate lang habe ich Berichte weggebracht, Leute zu Untertauchadressen begleitet, Waffen geholt.

Die meiste Zeit habe ich mich gelangweilt.

Als überall in Warschau Weihnachtsbäume auftauchten und die Restaurants voller deutscher Soldaten saßen, die *Stille Nacht, Heilige Nacht* sangen, schaute ich aus der Ferne zu den Ghettomauern hinüber und vermisste die Chanukka-Kerzen. Mit Vergnügen hätte ich mir jetzt die blöden Theaterstücke angeschaut, wenn ich nur im Internat gewesen wäre. Tadeusz feierte natürlich kein Chanukkafest und auch kein Weihnachten.

»Bürgerliche Dummheiten«, sagte er. »Volksverdummung. Die Arbeiter werden mit diesen erstickenden Traditionen abrechnen.« Er gab mir Bücher, die ich studieren sollte, aber sie sagten mir nichts.

»Armer Jesus«, sage ich zu meinem schweigsamen

Freund über mir am Kreuz. »Wenn dich die Juden nicht kreuzigen, dann tun es die Kommunisten.«

Ist das der richtige Platz? Das große Kreuzbild, hat Tadeusz gesagt. Du kannst es nicht verfehlen.

Das ist mein erster Auftrag im Ghetto. Wenn ich meinen Kontaktmann gesehen habe, werde ich Rejsele aufsuchen. Tadeusz kann mir den Buckel runterrutschen. Ich habe ihn gefragt, was mit Korczak passiert sei. Ob er ins Ghetto umgezogen sei. Er wusste es nicht.

Natürlich sind sie ins Ghetto umgezogen. Alle Juden sind dort. Fast eine halbe Million, zusammengepfercht in einem Stadtviertel.

»Warum helft ihr den Juden nicht?«, habe ich Tadeusz gefragt.

Ich bin nur ein Kurier und ich darf mich nicht in die Arbeit einmischen. Trotzdem hat er mir diesmal eine Antwort gegeben.

»Ich dachte, du würdest dich nicht jüdisch fühlen«, sagte er. »Deshalb haben wir dich angenommen. Wir arbeiten nicht mit Juden zusammen.«

»Warum nicht?«, fragte ich.

»Weil man nicht mit ihnen zusammenarbeiten kann«, sagte Tadeuzs. Für ihn war damit das Gespräch beendet.

Ich setzte mich auf mein Bett und langweilte mich.

Ein paar Tage später fing ich noch einmal davon an. Ich hatte gehört, dass die Juden im Ghetto vor Hunger und Kälte sterben.

Die Kinder sterben auf der Straße. Viele Menschen,

heißt es, werden in Arbeitslager deportiert, die niemand überlebt. Ich sah die Armut in den Straßen Warschaus und wusste, dass es im Ghetto noch viel schlimmer war.

»Juden sind nicht wichtig«, sagte Tadeusz.

Nicht wichtig? Das verstand ich nicht.

Er seufzte ungeduldig. »Du studierst nicht genug«, sagte er. »Sonst wüsstest du, dass Juden vor der Geschichte nicht wichtig sind.«

Das war schwierig. Tagelang dachte ich darüber nach. Geschichte, das war für mich ein Schulfach, genau wie Erdkunde. Etwas mit Napoleon und Jahreszahlen und Schulaufgaben. Ich konnte verstehen, dass die Juden von heute in diesem Fach nichts zu suchen hatten. Sie haben keine Könige und keine Schlachten. Aber musste man sie deshalb auf der Straße sterben lassen?

»Es geht um die Arbeiter«, sagte Tadeusz.

Wieder musste ich lange nachdenken. »Arbeiter kommen in der Geschichte auch nicht vor«, sagte ich.

»Darum geht es ja gerade«, rief Tadeusz. »Das werden wir ändern.«

Und die Juden?

»Wenn deine Juden in der Geschichte eine Rolle spielen wollen, müssen sie selbst dafür sorgen«, sagte Tadeusz streng. »Und jetzt hör auf mit dieser Fragerei. Wir sind hier, verdammt noch mal, nicht in einer Synagoge.«

Aber als dann im Ghetto etwas erledigt werden musste, passte es gut, dass ich mich dort auskannte.

Sie haben mich über die Kirchhofsmauer gehoben.

Im Stockdunkeln habe ich mir zwischen den Grabsteinen hindurch meinen Weg zum Südteil gesucht, da, wo die Grabstellen verwahrlost und vom Zahn der Zeit angenagt sind. Dort werden die Pfade vom Unkraut überwuchert und die Aufschriften sind von Moos bedeckt.

Vorbei am bewaldeten Teil, wo hier und da Grabsteine verloren zwischen Baumstümpfen liegen, kam ich in das Niemandsland zwischen den römisch-katholischen Toten und den Juden.

Hier muss ich warten. Es gibt deutsche Patrouillen, aber die sind bestochen worden. Die größte Gefahr droht von den jüdischen Schmugglern. Sie haben dieses Gebiet unter ihrer Kontrolle und dulden keine Topfgucker.

Er taucht plötzlich vor mir auf. Ein kleiner, gedrungener Mann mit einem Schnurrbart. Er zieht mich hoch und drückt mir eine Schaufel in die Hände.

Auf feindlichem Gebiet genau hinschauen. Bei Freunden blind und taub sein. Sinnlose Instruktionen. Dieser Mann ist Freund und Feind zugleich.

Er wird dafür bezahlt, mich hineinzubringen, und wenn ihm jemand mehr bezahlt, wird er mich verraten.

Ich laufe neben ihm zwischen Grabsteinen hindurch, die vom Regen glänzen.

Wir begegnen niemandem, aber um uns herum sind Geräusche zu hören und aus den Augenwinkeln sehe ich Schatten, die sich bewegen.

Ich schaue vor mir auf den Boden, damit ich nicht über umgestürzte Grabsteine stolpere.

Es ist ein ganzes Stück Weg. Der Kirchhof ist viel größer als der von Krakau. Und voller. Jetzt werden mehrere Tote in ein Grab gelegt. Es gibt keinen Platz mehr und die Grabsteine sind auch ausgegangen. Auf dem kurzen Stück zwischen dem Friedhof und der Milastraße sehe ich zwei Karren mit Leichen, die kreuz und quer übereinander liegen.

Der Wachtposten am Ausgang hat nur einen kurzen Blick auf meine Schaufel und auf meinen Begleiter geworfen und uns mit einem Nicken passieren lassen.

Ich kenne den Weg noch. Diesen Weg werde ich immer kennen.

Ich achte nicht auf die ausgehungerten Menschen und die halb nackten Kinder, die auf der Straße herumlaufen, an eine Wand gelehnt dasitzen oder in der Gosse liegen.

Wenn ich Tadeusz glauben soll, sind das die Opfer, die die neue Zeit verlangt. Er wird es wohl wissen. Ich habe meine eigene Art, nichts zu sehen oder zu hören.

Nur meine Nase gehorcht mir nicht. Ich kann mich einfach nicht an den Gestank von Verfaulen und Tod gewöhnen, sosehr ich mich auch bemühe, nichts zu riechen.

In der Milastraße empfängt man mich, wie ich es schon gewöhnt bin: mit Misstrauen und Schweigsamkeit. Stundenlanges erzwungenes Nichtstun auf einem

Holzhocker im Nebenzimmer, während sie beraten, ob ich vertrauenswürdig bin. Ob die Nachrichten, die ich bringe, auch stimmen. Ob es vernünftig ist, mir einen Bericht für die andere Seite mitzugeben. Auch daran bin ich gewöhnt. Der seltsame Rhythmus zwischen den paar Minuten unerträglicher Spannung, wenn man unterwegs Deutsche trifft oder polnische Polizisten, wenn man gefährliche Zonen durchqueren oder das Spiel Stern-an-Stern-ab spielen muss. Und dann stundenlange Langeweile, wenn man den Bestimmungsort erreicht hat. Ein Musiker würde mit diesem Rhythmus nichts anfangen können. Jazz ist es sicher nicht.

Mittags geben sie mir ein Päckchen. »Warte hier, bis wir dich abends zurückbringen«, sagen sie.

Ich teile ihnen mit, dass ich noch einen anderen Auftrag habe.

Sie halten es für riskant, mich auf die Straße gehen zu lassen, aber sie können mich nicht zurückhalten.

Die Chlodnastraße. Haben sie die Schule renoviert? Vielleicht gestrichen? Oder sind die Häuser drum herum so verwahrlost, dass das Internat heraussticht wie eine glänzende Perle? Dies ist nicht unser Haus in der Krochmalnastraße, aber als mich ein unbekannter Betreuer hereingelassen hat und ich durch die enge Diele zu dem übervollen, armseligen Speisesaal gehe, erkenne ich mein Heim am Geruch. Dem Geruch von Bohnerwachs, aufgebackenem altem Brot, grüner Seife und sauberem Schweiß von mehr als hundert Kindern.

Ich schwanke hin und her. Ich fühle mich beschissener denn je. Ich zittere. Dabei ist es doch warm hier drinnen, oder? Die Kälte, die ich erlebt habe, seit ich aus dem Heim fortging, dringt mir tief in die Knochen.

Dampfende Töpfe in der Krochmalnastraße. Der Dunst im Schlafsaal am frühen Morgen. Der Tabak des Doktors. Der Hühnerstall mit dem Gestank nach Mist und Fischmehl. Der Apothekengeruch von Jod und Pflastern, der Frau Stefa umgab. Die frische Haut Rejseles, die immer wonach roch? Nach Rejsele.

Holzleim und Sägespäne im Keller von Zalewski.

Ich mache die Augen auf. Das ist nicht die Krochmalna. Zalewski ist nie hier gewesen. Und ich habe hier auch nichts verloren. Ich werde Rejsele ihr Lied geben, weil ich das nun mal vorgehabt habe.

Jetzt sehe ich sie auch. Sie sitzt mit dem Rücken zu mir in einer Ecke des Saals. Ich laufe hinüber.

Sie unterrichtet gerade. »Alef, bet, gimel*«, höre ich sie deklamieren. Die Kinder lernen Hebräisch. Das werden sie brauchen können im Gelobten Land. Rejseles Zopf hängt stumpf über ihren Rücken. Die Schleife ist verschlissen und verwaschen zu einem zerfransten Fetzen. Als die Kinder mit ihren mageren Fingern auf mich deuten, dreht sie sich um und sieht mich. Ihre Augen beginnen zu glänzen. Das ärgert mich. Ich bin Marek und erledige einen Auftrag für einen jüdischen Jungen, den ich mal gekannt habe und der Mojsche hieß. Ich habe nichts damit zu tun.

Sie läuft auf mich zu und streckt zögernd die Hand nach meinem Gesicht aus. Ich weiche einen Schritt zurück.

»Komm«, sagt sie. Durch die Hintertür gehen wir zu einem kleinen Hof, der von verfallenen Wohnungen umgeben ist. Wir setzen uns auf die Kellertreppe.

Ich weiß nicht, was ich zu dieser mageren jungen Frau sagen soll, die eine Freundin von Mojsche war.

»Ich habe gesehen, dass ihr wieder ein Klavier habt.«

»Der Doktor will es nicht verkaufen. Musik ist so wichtig wie Essen, sagt er.«

»Und die Geige?«

»Du hattest Recht. Am Tor haben sie Jossel seinen Geigenkasten weggenommen. Sie haben nicht hineingeschaut. Die Geige war in seinem Koffer.« Sie lächelt kurz. »Die anderen Jungen haben ihm Unterwäsche gegeben. Später ist eine Saite gerissen. Er hat ein paar Wochen nicht spielen können. Es ging ihm sehr schlecht. Dann hat der Doktor eine neue Saite für ihn gefunden.«

»Gefunden?«

»Es gibt jetzt viele Musiker im Ghetto. Sie kommen von überall her. Sie spielen auf der Straße für ein Stück Brot oder ein paar Zloty. Wir haben ein neues Lied von Gebirtig gefunden. Wir spielen es manchmal für den Doktor, um ihn aufzuheitern. Hör mal:

> Schaut nicht auf meinen grauen Kopf,
> oder stört das euch beim Spiel?

Meine Seele ist noch jung,
wie vor Jahren viel.

Nicht dass der Doktor einen grauen Kopf hätte. Er ist kahl. Und ob seine Seele noch jung ist … Abends trinkt er Alkohol aus der Apotheke, um sich aufrecht zu halten. Was soll er auch anderes tun …«

»Spielt Jossel noch manchmal *Rejsele*?«

»Ich habe gedacht, du hältst nichts von Musik. Ja, wir singen es. Willst du es hören? Ich habe nicht mehr viel Stimme.«

Die Kälte dringt mir von der Treppe durch den dünnen Stoff meiner Hose.

»Aber du kennst doch den Text nicht, oder?«

»Doch, hör zu.«

»Du hast gesagt, du hättest den Text vergessen.«

»Jossel hat ihn auf einem Karren mit alten Noten gefunden. Man kann jetzt alles kaufen. Alles außer Essen.« Mit heiserer Stimme singt sie:

Schtejt sich dort in geßele
Schtil fartracht a hajsele,
Drinen ojfn bojdem-schtibl
*Wojnt majn tajer Rejsele …«***

** Das Lied *Rejsele* von Gebirtig ist am Ende des Buches in jiddischer und in deutscher Sprache abgedruckt.

Ich habe viele Gänge umsonst gemacht.

Berichte zu Menschen gebracht, die längst tot waren.

Untertaucher abgeholt, die schon verraten und verhaftet worden waren.

Ich bin daran gewöhnt. Das gehört zu meiner Arbeit.

Aber das hier schlägt alles.

Die ganze Mühe war umsonst. Ich habe eine Nachricht übermittelt, die niemand braucht.

»Ich muss zurück«, sage ich. »Sie warten auf mich.«

Rejsele nickt. Sie lässt die Schultern hängen und senkt kurz den Kopf. Sie scheint ihn sehr gerne gehabt zu haben, diesen Jungen, der Mojsche hieß.

»Weißt du, was ich bei mir habe?«, sage ich.

Sie schaut auf.

Ich hole das zerknitterte Papier aus meinem Stiefel. Es kostet mich Überwindung, es herzugeben, so lange habe ich es mit mir herumgetragen. Kasias Gesicht erscheint vor mir und einen Moment lang rieche ich den Geruch von Schweinen und Stroh. Rejsele betrachtet das Fetzchen Papier und schaut mich fragend an.

»Ein Souvenir aus Krakau«, sage ich.

Eine Falte erscheint auf ihrer Stirn. Wie sollte sie es auch begreifen?

»Mojsche hat das für dich bei Gebirtig geholt. Weil du den Text nicht hattest.«

»Mojsche?«

Ich bin ein Idiot. Wie immer mache ich mich lächerlich mit meinem Verhalten. Sie kann nichts dafür.

»Gebirtig war nicht da. Seine Tochter hat es mir gegeben. Aber du hast es ja schon. Wirf es ruhig weg.«

Sie hat sich zu mir umgedreht und schaut mich mit großen Augen an. Sie glänzen, aber jetzt kommt es von den Tränen. Sie ist dasselbe verrückte Mädchen wie immer. Ich erkenne sie an der Beschreibung, die Mojsche mir von ihr gegeben hat. Sie tanzt mit Doktor Korczak ums Lagerfeuer und weint wegen eines Liedes, als ob es sonst nichts auf der Welt gäbe, um das man weinen kann. So ist sie nun mal. Ich stehe auf.

Ich lasse sie dort sitzen, auf der Steintreppe, und laufe durch das Haus hinaus. Diesmal komme ich nicht wegen eines Liedchens zu spät zu meiner Verabredung.

III

Tel Aviv, 1995

Ich nahm ein Taxi zum Studio. Es war Freitag. Die Sendung über Korczak wurde morgens aufgenommen. Ich hatte beschlossen, doch hinzugehen. Warum, wusste ich nicht. Es spielte für mich auch keine Rolle.

Autofahren habe ich nie gelernt. Mit meinen Händen zu arbeiten, das ist kein Problem. Ich hatte die beste Möbelschreinerei von Tel Aviv. Aber ich kann mich nicht auf den Verkehr konzentrieren. Ich bin eine Wüstenratte. Ich halte Autos und Menschen nicht aus, doch ich habe nie einen Kompass gebraucht, um eine Richtung zu wissen.

Das war sehr nützlich für einen Kurier.

Wenn man durch dunkle Wälder läuft, ist es gut zu wissen, wohin man geht. Und dort gibt es immerhin die Sterne, den Wind, den Lichtschein von einem fernen Bauernhof. In den Kanälen von Warschau gab es das alles nicht. Dort gab es nur einen schrecklichen Gestank, und den roch man im Osten, im Westen, im Norden und im Süden, also half das nicht viel.

Es muss 1942 gewesen sein.

Ich war krank gewesen, und Tadeusz hatte mich aufs Land geschickt, zu einem Bauern, den er kannte. Er glaubte wohl, dass kranke Kuriere dem Fortschritt der Geschichte eher im Weg waren.

Trotzdem brauchte er mich eines Tages wieder. Diesmal ging es um Korczak selbst. Bedeutende Menschen wollten sein Leben retten und ihn aus dem Ghetto holen. Sie hatten Tadeusz eingeschaltet. Ich musste nur eine Nachricht überbringen. Später würde ihn jemand aufsuchen und alles Weitere mit ihm besprechen.

Die Deutschen hatten das Ghetto noch kleiner gemacht und noch mehr Juden aus ganz Polen waren hineingepfercht worden. Es gab weder Nahrung noch Brennmaterial. Überall auf den Straßen lagen Leichen. Am Güterbahnhof wurden jeden Tag tausende von Menschen in Waggons geladen, um zum »Arbeitseinsatz im Osten« transportiert zu werden.

Das Waisenhaus war in ein kleineres Haus hinter der Sliskastraße umgezogen. Zweihundert Kinder, das bedeutet: Stockbetten, Stapeltische, Säle, die tagsüber als Spielzimmer dienten und nachts als Schlafräume.

Korczak war nicht da. Er lief den ganzen Tag herum, um karge Essensportionen zusammenzubetteln. Die Kinder waren spindeldürr und in Lumpen gekleidet. Saubere Lumpen, das immerhin.

Ich musste Frau Stefa suchen, um ihr die Nachricht für Korczak mitzuteilen. Sie würde es ihm ausrichten. Ich meinte, in der Horde Kinder Jossel zu sehen. Er erkannte mich nicht.

Ich fand Frau Stefa in der Küche. Sie betrachtete anerkennend einen Topf mit Wasser, in dem Kartoffelschalen trieben. Es roch nach Schweinefutter.

»Das sieht gut aus, Rejsele«, sagte sie.

Ich betrachtete das ausgezehrte Mädchen am Ofen. Ich war ein bisschen überrascht, mehr aber auch nicht.

Sie hatte kurz geschnittene Haare, die wie ein Mausefell um ihren Kopf lagen, und eine Art Kleid, das an einigen Stellen zu eng war, an anderen herumschlotterte. Sie trug keine Schuhe und hatte Geschwüre an den Füßen. Sie schaute sich um und ließ den Löffel ins Wasser fallen. Es spritzte hoch und sie trat einen Schritt zurück.

Ich gab die Nachricht an Frau Stefa weiter. Die ging sofort weg.

Rejsele hatte den Löffel herausgefischt und rührte in der Suppe.

»Wasser kann nicht anbrennen«, sagte ich.

Sie gab ein Geräusch von sich, das ein Schluchzer oder ein Lachen sein konnte, und legte den Löffel auf die Anrichte.

»Du hast dich nicht verändert«, sagte sie.

Ich betrachtete ihre Augen in den tiefen Höhlen, ihre Nase, die scharf und spitz aus ihrem knochigen Gesicht herausragte, ihre farblosen Lippen und das Gefummel ihrer mageren Finger.

»Du auch nicht«, sagte ich.

Diesmal war es wirklich ein Lachen, wenn es auch nicht sehr fröhlich klang.

»Außer deinen Haaren.«

»Es gibt kein Desinfektionsmittel mehr. Das heißt,

man muss jeden Abend Läuse fangen. Am Ende der Woche verteilt der Doktor einen Preis an den Gewinner.«

»Denkt er sich noch immer solche Scherze aus?«

»Die anderen sind ganz kahl geschoren. Ich brauchte mir nur den Zopf abzuschneiden. Ich muss manchmal zur anderen Seite.«

Sie sagte das, als wäre es ganz einfach.

»Das steht dir gut.«

Plötzlich wurde sie böse.

»Glaubst du, dass ich nichts anderes im Kopf habe als meine verdammten Haare?«

Ich schaute sie an.

Ihre Lippe zitterte.

»Ja«, sagte ich. »Nichts anderes.«

Da begannen wir beide zu lachen. Wir ließen uns auf den kalten Küchenfußboden fallen. Lachen macht müde, wenn man so erschöpft ist. Plötzlich war Marek verschwunden. Ich dachte an das Sommerlager und die Sonne auf Rejseles braunen Beinen, an die Strohhalme in ihrem langen Zopf, wenn wir uns vom Melken ausruhten.

»Der Zopf war dein Kalender«, sagte ich. »Ich konnte daran sehen, wie viele Jahre du schon hier warst.«

»Ich fange einfach wieder neu an«, sagte sie. »Dann sollst du in sieben Jahren mal sehen, wie lang er ist.«

Plötzlich verstummte sie und starrte vor sich hin.

Ich legte meine Hand auf ihren Ärmel. »Wie geht es Mietek?«, fragte ich schnell.

»Mietek ist tot. Er ist über die Mauer geklettert. Er wollte dir nach.«

Ich war eifersüchtig auf ihn gewesen und jetzt war er tot.

»Der Doktor konnte ihn nicht zurückhalten. Der war im Gefängnis. Am Tor hatten sie einen Karren mit Kartoffeln von uns gestohlen. Da ist er zur Gestapo gegangen, um sich zu beschweren.«

»Alter Spinner!«

»Erst haben sie ihn angehört. Aber dann sahen sie, dass er keinen Stern trug.«

»Und nun?«

»Man hat ihn freigekauft. Nach drei Monaten. Er war schlecht dran, als er zurückkam. Aber den Stern trägt er nicht.«

Wieder schwieg sie eine Weile. »Wir haben Nachricht bekommen, dass Zalewski auch tot ist. Ermordet von den Nazis.«

Mehr wollte ich nicht hören. Ich zog meinen Arm zurück und ballte die Fäuste. Es war einfacher, wenn ich Marek blieb.

Nun war es Rejsele, die mich berührte. Sie legte mir den Arm auf die Schulter und zog mich zu sich. Und dann landeten wir lang ausgestreckt auf dem Küchenfußboden. Unter dem Topf mit Kartoffelschalensuppe. In einem Haus voller ausgezehrter Kinder. Ein Engel mit einem flammenden Schwert hielt sie von der Küchentür zurück.

Ich schloss die Augen. Hunger, Wut und Angst fielen von mir ab, aber auch Wärme und Zufriedenheit. Statt Arme, Beine, Bauch und Kopf war nur noch eine flüssige Masse von mir übrig, die zart gegen Rejsele klatschte.

So muss sich Honig fühlen, dachte ich, falls Honig überhaupt etwas fühlt. Oder Marmelade. Und dann schwebte ich mit Rejsele durch die Küche, ein Stück über dem Fußboden.

»Kann Marmelade fliegen?«, murmelte ich an ihrem Hals.

»Was?«, fragte sie. Wir landeten wieder auf den kalten Steinen, und da erst merkte ich, dass ich noch etwas anderes fühlte. Ich sehnte mich nach ihr. Es war ganz anders als mit Kasia oder in den schwülen Nächten im Schlafsaal.

Rejsele fühlte es auch. Sie lag dicht an mich geschmiegt. Ihre knochigen Hüften stachen mich. Sie atmete schneller. Ich war zu erschöpft, um sie zu streicheln. Mein Herz klopfte.

Ich setzte mich auf. Ich musste weg.

»Kommst du mit?«, fragte ich. Ich wusste, dass es fast unmöglich war, auch wenn sie wollte.

Sie richtete sich mit Mühe auf. »Nein.«

»Ihr werdet bald abgeholt.«

Sie nickte.

»Weißt du, wohin sie euch bringen werden?«

»Ja.«

»Wissen es alle?«

»Der Doktor, Frau Stefa, die Erzieher und ich. Weil ich manchmal Nachrichten überbringe.«

»Gehst du dann durch die Kanäle unter der Stadt?«, fragte ich.

Sie schüttelte den Kopf und blickte mich erschrocken an. »Nein, du?«

»Ja, aber nicht mehr lange«, sagte ich und versuchte zu lächeln. »Soll ich versuchen, dich hier herauszuholen?«

»Ich gehe nur fort, wenn ich einen Auftrag bekomme. Oder wenn ich Typhus kriege. Dann kann ich hier nicht bleiben.«

»Ich muss jetzt gehen.«

»Gute Reise.«

»Ja«, sagte ich.

Ich streckte die Hand aus und streichelte sie über den Kopf. Die kurzen Haare fühlten sich weich an und federten unter meinen Händen, aber ich vermisste den Zopf, um daran zu ziehen.

*

Ich stieg aus dem Taxi, ging ins Studio und nannte an der Rezeption meinen Namen.

Eine junge Frau holte mich.

»Doktor Schuster?«, fragte sie. »Schalom.«

»Mojsche Schuster. Kein Doktor. Schalom alejchem.*«

»Tut mir Leid«, sagte sie. »Wir sind alle oben. Es ist

wirklich erstaunlich, was aus Doktor Korczaks Schülern alles geworden ist. Ärzte, Lehrer, Geschäftsleute. Es ist wie ein richtiges Klassentreffen. Sie werden vermutlich viele Bekannte wieder sehen.«

»Keinen einzigen, glaube ich. Alle Kinder, die mit dem Doktor ins Ghetto gegangen sind, wurden in Treblinka ermordet.«

»Tut mir Leid«, sagte sie noch einmal.

Ich bereute es, dass ich sie zurechtgewiesen hatte. Auch sie wusste, wie jeder andere in Israel, was Krieg und Elend bedeuten.

»Ich war nicht dabei«, sagte ich, »als sie abgeholt wurden.«

Ich hatte die Geschichten gehört. Fotos gesehen. Vergeblich nach einem Schimmer von Rejsele gesucht. Sie waren in einem geordneten Zug zum Güterbahnhof gelaufen. Allen voran Doktor Korczak, mit einem Kind an jeder Hand. Die Nazis hatten ihn wegschicken wollen, aber genau wie die Erzieher und die Direktoren der anderen Waisenhäuser hatte er sich geweigert, seine Kinder im Stich zu lassen.

Wir machen einen Ausflug aufs Land, hatte er gesagt. Seine erste Lüge? Jedenfalls seine letzte. Früher, in den Jahren nach dem Krieg, habe ich ihm das übel genommen. Ein Kind hat das Recht auf Wahrheit. Aber was hätte die Wahrheit angerichtet? Sie sind ruhig und mutig hinter ihm hergelaufen, hinter der grünen Flagge von König Hänschen mit dem Kleeblatt darauf. Er hat es den

Nazis leicht gemacht, hunderte von Kindern ohne Panik in den Tod zu führen. Aber er hat es auch den Kindern, die er doch nicht retten konnte, leicht gemacht.

Irgendwann habe ich aufgehört, darüber nachzudenken, über ihren Tod und über mein Leben. Aber ich bin allein geblieben. Immer. Ich habe losgeschreinert, wie Zalewski es mir beigebracht hatte. Tische, Schränke, Stühle. Spielzeug habe ich nie mehr machen wollen.

*

Der Moderator der Sendung saß hinter einem Stahltisch voller Mikrophone. Im Saal saßen etwa dreißig Schüler aus dem Waisenhaus, aus der Zeit vor meiner Ankunft. Männer in ihren besten Anzügen, mit kahlen Köpfen oder grauen Haaren, verschrumpelte Frauen in geblümten Kleidern, ein paar wenige orthodoxe Juden, einige Ehepaare. Ich ging durch den Gang zwischen den Stühlen zur hintersten Reihe. Es tat mir Leid, dass ich gekommen war. Ich konnte den vielen Geschichten, die schon erzählt worden waren, nichts Neues hinzufügen.

Doktor Korczak war eine Legende geworden.

Die Menschen lieben Legenden. Legenden wirken beruhigend.

Ich schaute die Reihe entlang, auf der Suche nach einem freien Platz.

Eine Frau, ungefähr so alt wie ich, schaute mich an. Eine Dame. Sie trug kein geblümtes Kleid, sondern ein dunkles Wollkostüm, das viel zu warm war für dieses Klima. Sie sah aus wie jemand, dem niemals richtig warm ist. Ihre Hände umklammerten eine große Tasche auf ihrem Schoß. Beide Stühle neben ihr waren leer, als vermeide sie den Kontakt mit anderen. Ich musste mir einen anderen Platz suchen.

Als ich mich abwenden wollte, trafen sich unsere Blicke. Sie hatte dunkle Augen, die tief in den Höhlen lagen, mit blauen Ringen darunter. Große Augen in einem schmalen Gesicht, das aussah wie das eines Mädchens. Bildete ich es mir ein oder begannen diese Augen zu glänzen? Ihre Mundwinkel zitterten und zogen sich zu einem fast unsichtbaren Lächeln nach oben.

Ich hielt die Luft an und blieb stehen.

Ihre rechte Hand ließ die Tasche los und packte das Ende des langen grauen Zopfs, der ihr über die Schulter hing.

Ich schwankte und hielt mich an einer Stuhllehne fest. Meine Beine wurden ganz weich. Ich drückte mich an der Menschenreihe vorbei. Ich trat auf Zehen und stieß gegen Knie. Hilfreiche Hände schoben mich weiter. Ich stolperte, ohne zu sehen, wo ich ging. Meine Augen sahen nur ihre Augen, die glänzten und strahlten und aus denen nun Tränen liefen. Genau wie aus meinen, denn da war plötzlich ein Schleier, durch den ich nichts anderes mehr sah als das Sonnenlicht in ihren Augen.

Rejsele.

Rejsele

(von Mordechaj Gebirtig)

Schtejt sich dort in geßele
Schtil fartracht a hajsele,
Drinen ojfn bojdem-schtibl
Wojnt majn tajer Rejsele.
Jedn owent farn hajsl
Drej ich sich arum,
Ch'gib a fajf, un ruf oiß: Rejsl,
Kum, kum, kum.

Efnt sich a fensterle,
Wacht ojf ß'alte hajsele
Un bald klingt in schtiln geßl
A siß kol, ß'redt Rejsele:
Noch a wajle wart, majn liber,
Bald wel ich sajn fraj,
Gej sich noch a por mol iber -
Ejns, zwej, draj!

Gej ich mir a frejlicher,
Sing und knak mir nißelech,
Her ich ojf di treplech schpringen
Ire drobne fißelech,
Schojn arop fun leztn trepl,
Ch'nem si lib arum,
Ch'gib ir schtil a kusch in kepl -
Kum, kum, kum!

- 'wil dich betn, Dovidl,
Solßt arojf nischt fajfn mer!
- Herßt, er fajft schojn - sogt di mame,
Si is frum, ß'fardrist si sejer.
Fajfn, sogt si, is nischt jidisch,
ß'paßt nor blojs far 'sej'.
Gib a zejchn proßt ojf jidisch -
Ejns, zwej, draj!

Ch'wel fun hajnt nischt fajfn mer,
Drojf gib ich a schwu'ele -
Dir zulib wel ich afile
Wern frum, majn znu'ele,
Ch'wel sajn, wen du wilst nor, Rejsl,
Wi dajn mame frum,
Jedn schabeß gejn in klajsl -
Kum, kum, kum!

Ch'glejb es dir, majn libinker,
Un derfar dir, Dovidl,
Schtrik ich a schejn tfiln-sekl,
Mit a mogen-dovidl,
Wen gefeln s'wet in klajsl,
Sogn solstu sei:
ß'hot geschtrikt majn libe Rejsl,
Ejns, zwej, draj!

- Ch'dank far dajn matonele,
Ch'lib asoy dich, Rejsele!
Ch'lib dajn mame, ch'lib doß geßl,
Ch'lib doß alte hajsele,
Ch'lib di schtejndlech lebn hajsl,
Trejtst auf sej arum,
Her, dajn mame ruft schojn: - Rejsl,
Kum, kum, kum.

Gej ich mir a frejlecher,
Sing un knak mir nißelech,
Her ich ojf di treplech lojfn
Ire drobne fißelech -
Wider schtejt fartracht doß hajsl,
ß'geßl wider schtum,
Kum zu mir in cholem, Rejsl,
Kum, kum, kum!

Rejsele

(übersetzt von Mirjam Pressler)

Es steht dort im Gässchen
still verträumt ein Häuschen.
Drinnen, in der Bodenstube
wohnt meine liebe Rejsele.
Jeden Abend, vor dem Häuschen,
treibe ich mich rum.
Ich pfeife und rufe: Rejsele,
komm, komm, komm.

Öffnet sich ein Fensterchen,
wacht auf das alte Häuschen.
Und bald erklingt im stillen Gässchen
eine süße Stimme - Rejsele spricht:
Noch eine Weile warte, mein Lieber,
Bald werde ich frei sein.
Geh noch ein bisschen herum,
eins, zwei, drei.

Da gehe ich, ein Fröhlicher,
singe und knacke mir Nüsse.
Hör ich auf den Stufen springen
ihre zierlichen Füßchen,
schon auf der letzten Stufe.
Ich umarme sie lieb, ich gebe ihr
still einen Kuss aufs Köpfchen -
Komm, komm, komm!

Ich möcht dich bitten, Dovidl,
du sollst nicht mehr hinaufpfeifen.
Hörst, er pfeift schon, sagt die Mama.
Sie ist fromm, es ärgert sie sehr.
Pfeifen, sagt sie, ist nicht jüdisch.
Das tun nur die anderen.
Gib ein Zeichen einfach auf Jüdisch -
Eins, zwei, drei.

Ich werde ab heute nicht mehr pfeifen,
darauf gebe ich einen Eid.
Dir zuliebe werde ich sogar
fromm werden.
Ich werde sein, wenn du nur willst, Rejsl,
wie deine Mama so fromm.
Jeden Schabbes in die Synagoge gehen -
Komm, komm, komm.

Ich glaub es dir, mein Liebster,
und dafür, Dovidl,
stricke ich dir ein schönes Gebetsriemensäckchen
mit einem Davidsstern.
Wenn es gefällt in der Synagoge,
sollst du ihnen sagen:
Das hat gestrickt meine liebe Rejsl.
Eins, zwei, drei.

Ich dank für dein Geschenk,
ich lieb dich so sehr, Rejsele.
Ich lieb deine Mama, ich lieb das Gässchen,
ich lieb das alte Häuschen.
Ich lieb die Steine neben dem Häuschen,
denn du setzt deinen Fuß auf sie.
Hör, deine Mama ruft schon: Rejsl -
Komm, komm, komm.

Da gehe ich, ein Fröhlicher,
singe und knacke mir Nüsse,
hör ich auf den Stufen laufen
ihre zierlichen Füßchen.
Wieder steht verträumt das Häuschen,
das Gässchen wieder stumm.
Komm zu mir im Traume, Rejsl,
komm, komm, komm.

Worterklärungen

Ahasveros: siehe Purim

Alef, bet, gimel: die ersten drei Buchstaben des hebräischen Alphabets

Antiochus: der makedoneische König Antiochus IV. Verursachte durch sein Vorgehen gegen die jüdische Gottesverehrung in Jerusalem den Aufstand der Makkabäer.

Chanukka: ein achttägiges Lichterfest (meist im Dezember), das zur Erinnerung an die Tempelweihe nach dem Sieg der Makkabäer über die Römer gefeiert wird. Als Judas der Makkabäer den Tempel zurückerobert hatte, geschah ein Wunder. Der Ölvorrat eines Tages reichte für acht Tage, genau die Zeit, die man brauchte, um neues geweihtes Öl herzustellen. Deshalb wird von dem achtflammigen Chanukka-Leuchter nach Einbruch der Dunkelheit täglich ein Licht mehr angezündet. Als besonderes Gebäck gibt es eine Art Krapfen.

Erez-Israel: Für die aus Palästina vertriebenen und in der ganzen Welt verstreuten Juden ist Erez-Israel jahrhundertelang die Bezeichnung für das Land der Väter im religiösen Sinn. Vor der Gründung des modernen Staates Israel 1948 war Erez-Israel der unter Juden verbreitete Namen für Palästina.

Erntefest oder Wochenfest (hebr.: Schawu'ot): In biblischer Zeit wurde am zweiten Abend des Pessach-Festes die erste Garbe der Gerstenernte im Tempel dargebracht. Von diesem Abend an werden 7 mal 7, also 49 Tage gezählt, und am 50. Tag findet dann das Erntefest (Schawu'ot) statt. Es ist vergleichbar dem Erntedankfest.

Gebirtig, Mordechaj: Der Liederdichter wurde 1877 in Krakau geboren und 1942 von den Nazis im Ghetto von Krakau während einer Deportation in ein Vernichtungslager erschossen. Seine Lieder erreichten eine ungeheure Popularität, vor allem »Unser schtetl brent«, in dem es ursprünglich um ein von Polen veranstaltetes Pogrom in einem jüdischen Schtetl geht, das aber zum Symbol der verfolgten und ermordeten Ostjuden wurde. »ß'brent, briderlech, ß'brent! Oj, unser orem schtetl nebech brent.«

gefilte fisch: gefüllter Karpfen. Wird kalt als Vorspeise gegessen (schmeckt süß).

Goj (hebr.): Nichtjuden

Hora: Volkstanz der Juden in Palästina (später Israel)

Jingele (jidd.): Junge, Jungchen

Judenrat: Sofort nach dem Einmarsch der Deutschen musste in jeder jüdischen Gemeinde ein Judenrat gewählt werden. Dieser war verantwortlich für die exakte und termingemäße Durchführung aller Weisungen der Deutschen. In den Ghettos wurde der Judenrat allerdings nicht mehr gewählt, sondern von den Deutschen bestimmt.

koscher (jidd.; hebr.: kascher): Koschere Lebensmittel sind solche, die den jüdischen religiösen Speisevorschriften entsprechen. Als unrein und verboten gilt zum Beispiel Schweinefleisch und das Mischen von fleischigen und milchigen Gerichten.

Lag ba'Omer: der 33. Tag der Omer-Zählung, die mit der Darbringung der Erstlingsgarbe an Pessach beginnt und bis Schawu'ot geht. Die Omer-Tage gelten als Trauertage, an denen man zum Beispiel nicht heiraten und sich nicht die Haare schneiden darf. Eine Ausnahme ist der 33. Tag, der sog. Lag ba'Omer.

Laubhüttenfest (hebr.: Sukkot): Herbstfest, das 3. der drei Wallfahrtsfeste. Charakteristisch für dieses Fest ist, dass man Laubhütten baut, zur Erinnerung an das provisorische Hüttenleben der Israeliten während der Wüstenwanderung. Nach dem Abendgebet gibt es Umzüge mit einem Feststrauß (Lulav), der aus bestimmten Pflanzen zusammengestellt wird.

Matzes (jidd.; hebr.: Mazot): flache Fladen ohne Sauerteig oder Hefe, die so ähnlich aussehen wie Knäckebrot, nur größer und quadratisch sind. Wird besonders an Pessach gegessen und soll daran erinnern, dass die Juden bei ihrem Auszug aus Ägypten keine Zeit gehabt hatten, Sauerteig für das Brot vorzubereiten, und deshalb nur ungesäuertes Brot essen konnten.

Mordechaj: siehe Purim

Muezzin: Gebetsrufer im Islam

nebbich (jidd.): ein allgemein verwendbarer Ausdruck des Bedauerns, des Mitleids und sogar der Verachtung. Die Bedeutung variiert je nach der Verwendung im Satz und dem Tonfall.

Neujahrsfest: siehe Rosch Haschana

Pessach: eines der drei Hauptfeste im Judentum. Es dauert acht Tage und wird im März/April gefeiert. Pessach soll die Erinnerung an den Auszug der Juden aus Ägypten wach halten. Der Name (vorüberschreiten, verschonen) erinnert daran, dass der Engel bei der Tötung der ägyptischen Erstgeburten an den Häusern der Israeliten vorüberschritt und sie verschonte. Am ersten Abend von Pessach, dem Sederabend, versammelt sich die ganze Familie zu einem großen Festessen, an dem auch die Geschichte des Auszugs der Juden aus Ägypten vorgelesen wird. Während der ganzen Feiertage ist es verboten, Gesäuertes zu essen (siehe Matzes). – Es ist Sitte, zu den Feiertagen wie Pessach oder auch am Schabbat-Abend einen Gast einzuladen. Der Gast, besonders der Fremdling, spielt eine wichtige Rolle im Judentum. Man soll ihn ehren, für ihn sorgen, und auf keinen Fall darf er abgewiesen werden. In jedem Fremden könnte sich der Prophet Elijahu (Elias) verbergen, der Vorläufer des Messias, der in Menschengestalt auf Erden umgeht und die Menschen auf ihre Menschlichkeit prüft.

Potiphar: wohlhabender Hofbeamter des ägyptischen Pharao, der Josef von den Ismaeliten kaufte, an die ihn seine Brüder verschachert hatten. Potiphars Frau versuchte Joseph zu überreden, mit ihr zu schlafen. Als er sie zurückwies, erzählte sie ihrem Mann, Josef habe sie verführen wollen. Daraufhin ließ dieser ihn ins Gefängnis werfen.

Purim: ein religiöses Fest im Februar/März zur Erinnerung an die Errettung des jüdischen Volkes aus drohender Gefahr. Haman, der Günstling des Perserkönigs Ahasveros, wollte sämtliche Juden des persischen Reichs ausrotten lassen. Sein Plan wurde jedoch durch den Juden Mordechaj mit Hilfe seiner Base und Pflegetochter Esther, der zweiten Gemahlin des Königs Ahasveros, vereitelt. Die Juden besiegten ihre Angreifer. Mordechaj und Esther bestimmten, dass das Purimfest für alle Zukunft mit einer Freudenmahlzeit, mit Gaben an die Armen und mit gegenseitigen Geschenken gefeiert wird. So geschieht es bis heute. Die Kinder verkleiden sich und ziehen singend durch die Nachbarschaft. Im Familienkreis und in der Synagoge wird aus dem Buch Esther gelesen.

Rebbe: jiddische Bezeichnung für den Rabbiner, den jüdischen Schriftgelehrten

Rosch Haschana: jüdisches Neujahrsfest (September/Oktober). Man wünscht sich gegenseitig: »Für ein gutes Jahr mögest du (in das Buch des Lebens) eingeschrieben sein.« Am Familientisch wird ein Stück süßen Apfels in Honig getaucht und dazu gesagt: »So sei es Dein Wille, unser Gott und Gott unserer Väter, dass Du erneuern mögest über uns ein gutes und süßes Jahr.« Im Mittelpunkt des Gottesdienstes steht das Blasen des Schofars, eines Widderhorns. Der eigens dafür bestimmte Schofarbläser beginnt damit gleich nach der Tora-Lesung, in deren Mittelpunkt die Erzählung von Abrahams Opferung des Jizchak (Isaak) steht.

Schabbat: der siebte Tag der Woche, ein Tag der Ruhe und der Heiligung zur Erinnerung an die göttliche Weltschöpfung. Der Schabbat beginnt am Freitagabend bei Sonnenuntergang. Dann zündet die Frau des Hauses zwei Lichter an und der Hausherr segnet Wein, indem er darüber den Kiddusch (Segen) spricht. Den ganzen Schabbat über, bis Samstagabend nach Sonnenuntergang, darf nicht gearbeitet werden. Dabei wird der Begriff »Arbeit« sehr weit ausgelegt. Sogar Tätigkeiten wie Feuer anmachen, Schreiben oder elektrische Schalter bedienen sind verboten, auch darf man kein Geld in die Hand nehmen.

Schalom / Schalom alejchem: hebräische Grußformel mit der Bedeutung: Friede / Friede sei mit euch

Schofar: siehe Rosch Haschana